PepperMind

Malorie Blackman

ist jetzt hauptberuflich Autorin. Vorher hat sie verschiedene Berufe ausgeübt – Datenbankmanagerin, Systemprogrammiererin, Empfangsdame, Angestellte in einer Catering-Firma und Verkäuferin. Dabei ist sie viel in der Welt herumgekommen. Malorie Blackman hat über vierzig Bücher veröffentlicht, von denen einige als TV-Serien oder Spielfilme fürs englische Fernsehen verfilmt wurden. Sie hat zahlreiche Preise für ihre Bücher erhalten. In ihrer Freizeit liest Malorie Blackman viel, sie spielt Klavier und Saxofon und liebt Computerspiele. Sie lebt mit ihrem Mann und ihrer Tochter in London.

Über dieses Buch

Gemma hat als Kind ihre Mutter verloren. Jetzt sammelt sie fast manisch Mutterbilder, die sie aus Zeitungsartikeln ausschneidet. Dabei stößt sie zufällig auf ein Foto von Mike, dem Neuen in ihrer Klasse. Auch er hat eine schreckliche Familiengeschichte: Mikes Mutter wurde wegen Totschlags zu zehn Jahren Gefängnis verurteilt. Als Gemma beginnt, ihn mit diesem Wissen zu erpressen, eskaliert ein gefährliches Machtspiel.

„Diese Geschichte geht schnell zur Sache und entwickelt eine albtraumartige Logik, die den Leser fesselt und verstört."
The Independent

„Eine temporeiche, anrührende und unerschrockene Erzählung über wahren Mut. Malorie Blackman gibt sich nicht mit banalen Lösungen zufrieden, wenn es um essentielle Probleme geht."
Scottish Book Trust

Malorie Blackman

nur ein spiel

Aus dem Englischen
von Cornelia Krutz-Arnold

PepperMind

Die Reihe PepperMind erscheint im Egmont Franz Schneider Verlag.

Originaltitel: Tell me no lies
First published by Macmillan Children's Books, London 1999
Übersetzung aus dem Englischen: Cornelia Krutz-Arnold
Umschlaggestaltung: Robert & Horst, München
Druck und Bindung: Clausen & Bosse, Leck
ISBN 3-505-11282-8

Für Neil und Elizabeth, in Liebe
und für
Sarah Davies, mit Dank

1

GEMMA

Das Album

Der Mond, die Sterne und die Regenbogen an der Zimmerdecke gerieten ins Flackern und wurden wieder still. Gemma störte das nicht. Sie sah zu ihrer Nachttischlampe, über die sie das Tuch ihrer Mutter gebreitet hatte. Das dunkelblaue Tuch war mit goldenen und silbernen Planeten, mit Mond und Sternen verziert, und das Licht, das hindurchschien, verlieh dem Zimmer einen mystischen Zauber.

Gemma wandte sich wieder dem Album zu, das sie im Schoß hielt. Die verhüllte Lampe machte das Zimmer dunkel und geheimnisvoll, aber das Licht reichte gerade noch aus, um alles gut sehen zu können. Bevor Gemma das Album aufschlug, strich sie über die Beschriftung außen auf dem Einband. *Album Nummer sieben.* Es gehörte zu den Alben, die sie am liebsten mochte, und sie sah es sich immer wieder an. Wie alle ihre Alben enthielt es Bilder von Müttern. Lächelnde, weinende, lachende, nachdenkliche Mütter. Jede Menge Mütter.

Gemma blätterte eine Seite um. Hier war eine Mutter mit lächelnden Augen und wirrem Haar, das ihr wie ein Heiligenschein um den Kopf stand. Sie drückte ihre Tochter fest an sich. Über dem Bild stand in knalligen Buchstaben: MUTTER RETTET KIND AUS UMGEKIPPTEM AUTO. Und auf der Seite daneben war eine Mutter abgebildet, die neben einem Jungen stand und ihm den Arm um die Schultern legte. Die Überschrift zu diesem Bild verkündete: MUTTER BEGLEITET SOHN AUF DER REISE ZU

EINEM NEUEN HERZEN. Gemma hob immer nur die Überschriften auf, die sich auf die Mütter bezogen, und nie den ganzen Zeitungsartikel. Aber sie erinnerte sich noch an die Geschichte zu dieser Überschrift. Der Junge brauchte eine Herz- und Leber-Transplantation, und die Ärzte in England hatten ihn praktisch schon aufgegeben. Aber nicht seine Mutter. Sie wollte alles tun, damit er am Leben blieb, und so war sie mit ihm nach Amerika geflogen. Die Geschichte war gut ausgegangen. Der Junge bekam ein Spenderorgan und überlebte.

Das gefiel ihr. Gemma freute sich immer, wenn eine Geschichte gut ausging. Mit einem zufriedenen Seufzer blätterte sie die nächste Seite um.

„Schrei nicht so, Dad. Ich bin nicht taub!", hörte sie Tarwin, ihren Bruder, unten im Erdgeschoss schreien.

„Ich schrei dich so lange an, bis du auf das hörst, was ich sage!", tobte Dad.

Gemma wandte sich der nächsten Seite zu.

„Ich hör dir zu, sobald du damit aufhörst, dauernd auf mir rumzuhacken."

Tarwin und Dad waren wieder zugange. Jeden Abend brüllten sie sich an, veranstalteten einen Wettstreit, wer die Wände zuerst zum Wackeln brachte.

Ah! Hier war eine Mutter, die richtig lieb aussah, mit einem freundlichen Zwinkern in den Augen. Eine Pflegemutter, die von allen geliebt wurde. Nie kam ein böses Wort über ihre Lippen, sie schimpfte nicht und sagte über niemanden etwas Schlechtes – jedenfalls konnte sich keiner ihrer Nachbarn an einen solchen Fall erinnern. Aus den Kindern, die bei ihr in Pflege waren, wurde immer etwas Ordentliches, und sie alle liebten ihre neue Mutter und lobten sie in den höchsten Tönen. Der Mutter war im Fernsehen sogar ein Preis verliehen worden.

Voller Sehnsucht stellte sich Gemma vor, wie diese Frau

für ihre Kinder sorgte. Sie malte sich aus, wie sie von der Schule nach Hause kam und mit einem Kuss und einer Umarmung empfangen wurde, sobald sie zur Tür hereinkam. Gemma lächelte. Wenn sie die Augen zumachte, war sie fast dort.

Hallo, Gemma. Wie war's in der Schule? Na, krieg ich keine Umarmung?

„Du bist zum Kotzen!“, brüllte Tarwin voller Wut.

„Danke, gleichfalls!“, schrie Dad zurück.

Gemmas Lächeln verschwand, als sie in die Wirklichkeit zurückgeholt wurde. Sie blätterte die Seite um.

„Ich geh heute Abend aus!“, schrie Tarwin.

„Kommt nicht in Frage! Du bleibst zu Hause und machst Schularbeiten!“

„Es ist dir doch völlig egal, ob ich meine Schularbeiten mache oder nicht!“, stieß Tarwin wütend hervor.

„Grrr... Grrr-uuu-ah ... Grrr-uaaaah-grrrrr...“ Gemma knurrte wie ein zorniges, verwundetes Tier vor sich hin. Sie machte sich gar nicht erst die Mühe, sich die Ohren zuzuhalten. Das nutzte nichts – das wusste sie aus Erfahrung. Aber wenigstens hatte sie ihre Alben.

Wieder blätterte Gemma eine Seite um. Hier war eine Mutter ... Nein! Sie klappte das Album zu und stand auf. Auch sie gehörte zur Familie. Wann würden Dad und Tarwin das endlich mal merken? Und wenn es in diesem Haus nur eine einzige Form der Verständigung gab, wenn man schreien und toben musste, um überhaupt *sichtbar* zu werden, dann sollte sie zur Stelle sein und ihren Beitrag leisten, sich an dem Geschrei beteiligen. Sie ging zur Tür. Ohne ihre Schritte zu dämpfen, verließ sie ihr Zimmer und ging durch den Flur zur Treppe hin. Tarwin und ihr Vater standen unten im Hausflur. Tarwin, das Gesicht zu einer gekränkten, wütenden Fratze verzerrt, funkelte sie böse an. Ihr Vater streifte sie mit einem flüchtigen Blick und wandte sich dann ab. Das ging so schnell, als hätte er sie überhaupt nicht wahrgenommen. All seine Aufmerksamkeit war auf Tarwin gerichtet. Das gab ihr einen Stich, und ein altbekannter Schmerz breitete sich in ihrem Magen aus.

„Tarwin, was ist nur los mit dir?“ Dad senkte die Stimme, bemühte sich um einen besänftigenden Tonfall. „Ich weiß, wir hatten immer schon unsere Meinungsverschiedenheiten, aber seit ein paar Wochen bist du unmöglich.“

„Was mit mir los ist? *Du* bist los“, gab Tarwin wie aus der Pistole geschossen zurück. „Warum kannst du mich nicht einfach in Ruhe lassen?“

„Du bist mein Sohn.“

„Als ob das was zu bedeuten hätte.“

Gemma trat auf die Treppe und ging eine Stufe hinunter. Niemand beachtete sie.

„Mir bedeutet das etwas.“ Dad machte einen neuen Vorstoß.

„Dein Pech.“

Gemma stieg noch eine Stufe hinunter. Niemand sah sie an. Wie zwei Löwen standen sich Tarwin und ihr Vater im Flur gegenüber, musterten sich mit zusammengekniffenen Augen und umkreisten einander, als wollten sie ihren Gegner abschätzen. Gemma sah ihnen dabei zu. Sie hatten nur Augen füreinander. Der Schmerz in ihrem Magen wurde schlimmer, stieg in Wellen auf und brodelte in ihrem Inneren, aber dann legte er sich wieder, einfach so, als wäre nichts gewesen. So war es immer. Und wieder einmal hatte sie den richtigen Augenblick verpasst. Sie senkte den Kopf, und dabei sah sie, dass sie immer noch ihr Album in der Hand hielt. Sie umklammerte es mit festem Griff. Auch wenn Tarwin und Dad sie ignorierten, war sie doch nicht ganz allein. Sie hatte ihre Alben.

Sie machte kehrt und ging wieder in ihr Zimmer. Dort

stieg sie auf einen Stuhl, damit sie auf den Schrank hinaufreichen konnte. In diesem speziellen Album wollte sie nicht mehr weiterlesen. Es waren zu viele fröhliche Mütter darin. Jetzt wollte sie sich lieber ein anderes Album holen, eins von den älteren. Das hatte sie schon lange nicht mehr gemacht.
Vorsichtig zog Gemma aus dem mittleren Stapel auf ihrem Schrank das unterste Album hervor, stieg vom Stuhl und ließ sich im Schneidersitz auf dem weichen Teppich nieder. Dann schlug sie das Album auf der ersten Seite auf.
Ach ja ... Sie wusste wieder, welches Album das war. Die meisten Mütter darin hatten, gelinde ausgedrückt, keine schöne Geschichte zu erzählen. Zum Beispiel diese Mutter hier. Sie hatte vier Kinder, die sie ganz offensichtlich liebte, aber nicht versorgen konnte – das behauptete zumindest das Jugendamt. Es gab ein Foto von der Mutter, wie ihr dicke Tränen in den Augen standen und die Wangen hinunterflossen. Die Haare hingen ihr schlaff um das müde Gesicht. In ihrem Gesicht wirkte alles erschöpft. Die Lippen waren nach unten gebogen, die Sorgenfalten in ihrer Stirn wiesen nach unten, und sogar die Fältchen um die Augen fielen nach unten ab.
Auch an ihre Geschichte konnte sich Gemma noch erinnern. Die Zeitung sollte ihr helfen, ihre Kinder wiederzubekommen. Aber die Zeitung war nur an ihrer Geschichte interessiert. Die Kinder kamen in Pflegefamilien, und damit hatte sich's. Gemma sah die Mutter nie wieder in der Zeitung.
„Ich mach mich vom Acker!“ Tarwin schrie Dad nicht mehr an, aber die eiskalte Entschlossenheit in seiner Stimme hallte dennoch bis nach oben.
Kurz darauf knallte die Haustür mit solcher Wucht zu, dass die Fensterscheiben in Gemmas Zimmer klirrten.

Besorgt sah sie zum Schrank hinauf – sie wollte nicht, dass die Alben auf sie herabregneten. Aber es war alles in Ordnung, es bestand keine Gefahr. Gemma wandte sich wieder ihrem Album zu und blätterte um.

2

MIKE

Willkommen

„Hoffentlich weißt du auch zu würdigen, was wir für dich tun“, sagte Gramps.
Mike gab keine Antwort. Was sollte er dazu sagen?
Vielen Dank, Gramps und Nan. Danke, dass ihr bereit seid, euren leiblichen Enkel aufzunehmen. Danke, dass ihr mir ein Zuhause gebt. Ja, von wegen! Vielen Dank für nichts. Als Mum und ich euch wirklich brauchten, hat euch das nicht das kleinste bisschen interessiert.
Mike senkte die Augen, damit die beiden ihm die Gedanken nicht vom Gesicht ablesen konnten. Eher würde die Sonne auf die Größe eines Schneeballs schrumpfen und auch genauso kalt werden, bevor die beiden ein Danke von ihm zu hören bekämen.
„Also, Robert, mein Liebling, er weiß es bestimmt zu schätzen – so wie wir auch.“ Nan nickte mit dem Kopf. „Es wird uns gut tun, wieder junges Blut im Haus zu haben.“
Das hörte sich an, als wären seine Großeltern Vampire!
„Das wollen wir doch von dem Kind selber hören.“ Gramps sah Mike mit festem Blick an. „Also, Junge?“
„Ich heiße Michael, nicht Junge“, fauchte Mike. Und ich bin kein Kind. Aber diese zweite trotzige Feststellung behielt er still für sich, als sein Geheimnis.
„Du kannst also doch sprechen“, sagte Gramps trocken. „Mir kamen allmählich schon Zweifel.“
„Ich kann viele Dinge – und dir wird wahrscheinlich nichts davon gefallen“, sagte Mike.

Gramps und Nan sahen sich an. Mit einem Blick, der alles besagte. Im Lauf des letzten Jahres hatte Mike diesen Ausdruck schon auf vielen Gesichtern gesehen. Schon nach dem ersten Blick war man automatisch auf der Hut vor ihm gewesen. Mit misstrauisch zusammengekniffenen Augen wurde er abgeschätzt, verurteilt, für schuldig befunden. Während bei ihm zu Hause alles zusammenbrach, bekam er an seiner alten Schule den Namen „Trouble“ verpasst, weil er dauernd Ärger machte.

Und danach ... wie hieß das Wort, mit dem seine Sozialarbeiterin ihn beschrieben hatte? Unkommunikativ. Es war schon komisch, dass die Leute immer nervöser wurden, je weniger er sprach.

Mike funkelte seinen Großvater böse an. Auf der ganzen langen Fahrt hierher hatte Mike kein einziges Wort gesagt. Wenn Nan oder Gramps ihn etwas fragten, hatte er genickt, den Kopf geschüttelt oder mit den Schultern gezuckt, je nachdem, was gerade angebracht war. Aber das war's auch schon gewesen. Mike wusste noch sehr gut, wie Gramps und Nan vor zwei Monaten im Gerichtssaal gesessen hatten und kein Wort sprachen, weder mit ihm noch miteinander. Und wie sehr er sie dafür gehasst hatte.

„Ich weiß, was ihr denkt, und ihr braucht euch keine Sorgen zu machen.“ Mike bedachte seine Großeltern mit einem finsteren Blick. „Ich werde euch schon nicht enttäuschen.“

Das konnten sie deuten, wie sie wollten!

„Ich merke schon: Was immer deine Mutter sonst getan haben mag, sie hat dir jedenfalls kein Benehmen beigebracht“, sagte Gramps. „Und keinen Respekt vor dem Alter.“

„Meine Mutter hat mir beigebracht, dass Familien zusammenhalten sollen“, sagte Mike spitz.

„Was soll das denn heißen?“, hakte Gramps nach und runzelte die Stirn.
„Das kann warten, bis Mike sich eingelebt hat“, fiel Nan energisch ein. „Im Augenblick sind wir alle nicht in bester Verfassung. Komm mit, Mikey. Ich zeig dir dein Zimmer.“
Nan hob eins von Mikes kleineren Gepäckstücken auf und stieg damit die Treppe hoch. Widerstrebend nahm Mike seinen großen Koffer und ging ihr nach. Erst als sie oben im Flur waren, ergriff Nan wieder das Wort.
„Du darfst die Sprüche deines Großvaters nicht so ernst nehmen“, sagte sie lächelnd. „Er bellt, aber er beißt nicht.“
Sein Bellen ist so schlimm, dass er gar nicht mehr beißen muss, dachte Mike.
Sie betraten Mikes neues Zimmer. Als Mike den ersten Blick darauf warf, blieb er unvermittelt stehen. Er sah sich um und versuchte sich nicht anmerken zu lassen, wie beeindruckt er war. Das Zimmer war viel größer als alle Schlaf- und Kinderzimmer, die er je gesehen hatte. Es war mit einem grauen Teppich ausgelegt, und die Wände waren cremefarben gestrichen. In einer Ecke gab es einen großen Schrank, daneben einen kleinen Tisch, der sehr teuer aussah, und davor einen Stuhl. An der gegenüberliegenden Wand stand das Bett. Es war ein großes Doppelbett, und die Tagesdecke, die darüber gebreitet war, bestand aus dem dicksten Samt, den Mike je gesehen hatte.
„Gefällt es dir?“, fragte Nan.
Mike nickte, lächelte aber nicht dabei. Ja, es gefiel ihm. Aber wieso konnte er sich nicht darüber freuen? Im Grunde fühlte er sich nur noch schlechter. Wenn er an die elenden Löcher dachte, in denen man ihn im letzten Jahr untergebracht hatte ... Hierhin und dorthin, hin und her, herumgeschubst wie ein Tischtennisball. Und

an diese schrecklichen Unterkünfte, die seine Mutter hatte ertragen müssen – und es immer noch musste. Dabei hatten Nan und Gramps die ganze Zeit über dieses riesige Zimmer zur Verfügung und ließen es einfach leer stehen. Warum hatten sie ihn und seine Mutter nicht in ihr Haus aufgenommen, bevor ... bevor ...
„Es gefällt dir doch wirklich, oder?", fragte Nan unsicher.
„Ja", stieß Mike mühsam hervor.
„Schön." Nan lächelte. „Das wird deinen Großvater freuen."
„Warum? Er will mich hier doch gar nicht haben."
„Unsinn. Wir wollen dich beide bei uns haben. Und du wärst schon seit Monaten hier, wenn deine Mutter uns früher informiert hätte."
„Was soll das heißen?"
„Ich meine damit, dass deine Mutter uns hätte Bescheid geben müssen, dass du nur bei Freunden untergebracht warst. Bei dieser ganzen Sache hättest du von Anfang an bei uns sein sollen, aber deine Mutter hat mal wieder ..."
„Lass meine Mutter in Ruhe!" Mike ging sofort zum Angriff über. „Du hast nicht die leiseste Ahnung, was Mum und ich durchgemacht haben."
Eine kurze Pause trat ein, dann sagte Nan: „Du hast ganz Recht. Das war nicht als Kritik gemeint. Ich kann nur versuchen mir vorzustellen, wie schwer die letzten Monate für euch waren. Entschuldige."
Mike setzte eine finstere Miene auf. Misstrauisch musterte er Nans Gesicht, suchte es nach Anzeichen von Unehrlichkeit ab, fand aber nichts dergleichen.
„Nimmst du meine Entschuldigung an?", fragte Nan. Sie war ganz ernst.
Stocksteif blieb Mike stehen und gab keine Antwort. Aber weil er nicht Nein sagte, nahm Nan das als Ja.

„Du hast jetzt Zeit zum Auspacken, aber mach nicht zu lange. Das Essen ist in einer halben Stunde fertig. Okay?“
Mike musste mehrmals tief durchatmen, bevor er antworten konnte. Und selbst dann brachte er nur ein Nicken zustande.
Nan lächelte. „Ich freu mich, dass du hier bist, Mike – und dein Großvater freut sich genauso.“
Und damit verließ sie das Zimmer und zog die Tür leise hinter sich zu. Mike ging zum Bett und ließ sich darauf nieder. Er fragte sich, was seine Mutter jetzt wohl machte. Welche Gedanken gingen ihr durch den Kopf? Dachte sie vielleicht an ihn – und daran, wie sehr sie ihn hasste?

3

GEMMA

Der Neue

Gemma saß hinten in der Klasse. Ihre Tasche hatte sie auf den freien Stuhl neben sich gestellt. Sie las in einem Sensationsblatt einen Artikel, in dem es mal wieder um eine Mutter ging. Der Lehrer, Mr Butterworth, kam in die Klasse, aber Gemma schaute nicht mal auf. Es gab keinen Grund dafür; sie verfügte nämlich über besondere Kräfte. Sie war unsichtbar. Weder Mr Butterworth noch sonst jemand in der Klasse würde merken, dass sie überhaupt da war.

Sie las den Zeitungsartikel ganz genau. Die Mutter, um die es ging, hatte sich der Polizei gestellt, nachdem sie ein paar Tage zuvor ihren Sohn in einem Ladeneingang ausgesetzt hatte. Gemma fragte sich, was für ein Gefühl es wohl war, das eigene Kind einfach so wegzugeben. Was hatte die Mutter gedacht, als sie das Baby auf den Boden gelegt hatte und davonging? Was hatte sie zu dieser Tat getrieben? Und warum hatte sie dann den Entschluss gefasst, sich der Polizei zu stellen?

Gemma sah sich die Frau lange und gründlich an. Das Foto war nicht besonders gut. Die Mutter hielt den Kopf gesenkt und trug eine Sonnenbrille, und das ganze Bild war etwas unscharf – aber es war eine Mutter. Gemma holte eine Schere aus der Tasche und machte sich daran, den Artikel auszuschneiden.

„Geht an eure Plätze, alle miteinander, und seid jetzt mal still. Das ist Michael Woods. Er gehört ab heute zu unserer Klasse. Wer möchte sich um ihn kümmern?"

Kane, der vor ihr saß, meldete sich. Gemma lehnte sich zur Seite, damit sie an seinem Rücken und seinem Arm vorbeischauen konnte. Der Neue – wie hieß er doch gleich? Michael Woods? Da war er. Nicht übel! Groß und schlank. Ernst. Traurige Augen ... Es waren die Augen, die Gemma davon abhielten, sich wieder ihrem Artikel zu widmen. *Diese Augen hatte sie schon mal gesehen.* Sie hatte diesen Jungen schon mal gesehen.

Aber das war unmöglich ... Er war neu. Mit gerunzelter Stirn nahm Gemma ihn genauer in Augenschein. Sein Gesicht löste alle möglichen Erinnerungen in ihr aus. Wenn sie nur wüsste ...

Der Neue sah sich um, ließ den Blick durch die Klasse schweifen. Und dann, ganz plötzlich, schaute er Gemma an, und es war, als wäre der Rest der Klasse verschwunden. Ohne zu lächeln sahen sie einander an. Dann wandte Mike den Blick ab. Die ganze Zeit über hatte sich sein Ausdruck nicht verändert.

Gemma war selbst überrascht, als sie merkte, dass sie den Atem anhielt. Sie stieß zischend die Luft aus und hechelte in kurzen Atemzügen, um sich die Lunge wieder voll zu pumpen. Es war alles in Ordnung. Sie war immer noch unsichtbar. Einen Augenblick lang hatte sie befürchtet, dass der Neue durch ihren Tarnmantel hindurchgesehen hatte.

Sie wandte sich wieder ihrem Zeitungsartikel zu.

„Gemma Elliott, was treibst du denn da?"

Die Stimme des Lehrers ließ Gemma auffahren. Sie schaute hoch und merkte, dass Mr Butterworth mit gerunzelter Stirn zu ihr hinsah.

„Leg das weg, aber sofort." Die Falten auf Mr Butterworths Stirn vertieften sich.

Gemma packte die Zeitung, den Artikel und ihre Schere wieder in die Tasche.

„Okay, Michael, du setzt dich dort drüben zu Kane. Und

du, Kane, kannst du Michael in der Pause herumführen?“
„Ja, Sir.“ Kane nickte.
Wortlos durchquerte Michael das Klassenzimmer.

4

MIKE

Beobachten

Mike setzte sich neben Kane und erwiderte dankbar sein Lächeln. Einige andere aus der Klasse sahen immer noch zu ihm hin, aber in ihren Gesichtern lag nur freundliches Interesse. Sonst nichts. Bis auf das Mädchen hinter ihm. Sie beobachtete ihn auch jetzt noch, das wusste Mike genau. Er konnte spüren, wie sich ihre Blicke wie Laserstrahlen in seinen Rücken bohrten, und er musste sich sehr beherrschen, um sich nicht zu ihr umzudrehen. Kannte sie sein Gesicht? *Hatte sie ihn erkannt?*

Spinn nicht rum, Mike. Reiß dich zusammen!, hielt er sich vor. Er durfte nicht zulassen, dass seine Fantasie mit ihm durchging. In London kannte ihn kein Mensch. Er war über zweihundert Meilen von seinem Heimatort entfernt, und hier konnte niemand etwas über ihn in Erfahrung bringen. Er musste locker bleiben. Das Leben mit Gramps und Nan würde schon schwierig genug werden, auch ohne dass er seine Sorgen in die Schule hineintrug.

An dieser neuen Schule konnte er wieder zu sich finden. Er würde sich nicht immerzu verteidigen müssen, nicht ständig in der Defensive sein, weil er wusste, dass die anderen über seine Lebensumstände Bescheid wussten. Es war anstrengend, dauernd in der Verteidigungsposition zu sein. Hier hatte er die Chance zu einem Neuanfang. Die Schule war der einzige Ort, wo er sich entspannen und Spaß haben konnte. Hier konnte

er zur Abwechslung mal er *selbst* sein und sich vergnügen.
Mike musste über seine eigenen Gedanken grinsen. Spaß! Vergnügen! Und das ausgerechnet in der Schule! Wenn man sich danach sehnte, zur Schule zu gehen, und das auch noch für ein Vergnügen hielt, konnte irgendwas nicht in Ordnung sein. Immerhin, die Klasse war gar nicht so übel, auch wenn es noch etwas früh für eine solche Feststellung war. Und vorhin, als sie durch den Flur zur Klasse gingen, hatte Mr Butterworth sich alle Mühe gegeben, ihm die Aufregung zu nehmen. Vielleicht würde ja doch alles gut gehen. Die Leute hier schienen ganz freundlich zu sein – bis auf das Mädchen mit dem bohrenden Blick.
„Kane, wer ist das Mädchen hinter uns?“, flüsterte Mike, als Mr Butterworth gerade nicht hersah.
Prompt drehte sich Kane um. „Wen meinst du? Gemma?“
Das war Mike peinlich. „Nein! Schau nicht hin!“, flüsterte er. „Du musst ja nicht gar so deutlich zeigen, dass wir über sie reden.“
Mit einem verlegenen Grinsen wandte sich Kane wieder nach vorn.
„Heißt sie so? Gemma?“, fragte Mike.
„Ja. Gemma Elliott“, gab Kane flüsternd zurück. „Aber an deiner Stelle würd ich mich von ihr fern halten.“
„Warum?“
„Ach, die ist so komisch. Sie redet kaum und zieht sich von allen zurück, deshalb halten auch alle Abstand von ihr.“
„Kane, vielen Dank, aber ich bin überzeugt, dass das bis zur Pause warten kann“, sagte Mr Butterworth vorn in der Klasse.
„Verzeihung, Sir“, murmelte Kane.
Während Mr Butterworth sich wieder zur Tafel um-

drehte, flüsterte Mike leise: „Tut mir Leid. Ich wollte nicht, dass du Ärger kriegst."
Kane zuckte mit den Schultern und lächelte. Und Mike wusste, dass er einen neuen Freund hatte.

5

GEMMA

Geflüster

Gemma funkelte Mike und Kane böse an. Ihre Rücken waren so nah, dass sie nur den Arm auszustrecken brauchte, um sie zu berühren – wenn sie das wollte, was aber nicht der Fall war. Hatten die beiden über sie geredet? Was hatten sie gesagt? Und dieser Blick, mit dem Kane sie angesehen hatte – als wäre sie zwar da, aber nicht vorhanden. Alle sahen sie so an. Ganz egal, wo sie war und wohin sie ging – niemand nahm sie wahr. Ob zu Hause, in der Schule oder auf der Straße. Es war überall dasselbe. So als wäre sie tot. Nein ... Es war, als wäre sie gar nicht erst geboren worden. Es gab niemanden, dem sie etwas bedeutet hätte. Ob es sie gab oder nicht, spielte nicht die geringste Rolle.

Aber dieser Neue ... *Er* hatte sie angesehen. Wie hieß er doch gleich noch mal? Michael Woods ... An diesem Namen war nichts besonders Auffälliges. Michael Woods. Mike Woods. Mikey Woods. Spiky Mikey Woods! Gemma grinste seinen Rücken an. Ja! Das war's. Von jetzt an würde sie ihn Spiky Mikey nennen!

Ganz plötzlich, ohne jede Vorwarnung, flammte in Gemmas Kopf ein Bild auf, wie das grelle Blitzlicht einer Kamera. Sie sah eine Frau, eine *Mutter*, die von zwei Polizisten von ihrem Sohn weggezogen wurde. Die Mutter weinte, ihr Gesicht war qualvoll verzerrt, und sie schrie nach ihrem Sohn, voller Verzweiflung darüber, von ihm fortgeholt zu werden. *Mikey* ... Die Frau hatte den Arm so weit ausgestreckt, dass ihre Finger fast die ihres Sohnes berührten. Und er wurde von zwei Polizeibeamtinnen zurückgehalten. Auch er weinte, rief, streckte den Arm nach ihr aus.

Genauso unvermittelt, wie es gekommen war, verschwand das Bild auch wieder. Gemma blinzelte wie eine verdutzte Eule. Mikey ... Michael Woods. *Er war in einem ihrer Alben.* Oder vielmehr: nicht nur er, sondern auch seine Mutter. Und wenn Gemma sich richtig erinnerte, war seine Mutter verhaftet worden, als dieses Foto gemacht wurde. Aber warum? Gemma kaute genervt auf ihrer Unterlippe herum, aber der Verhaftungsgrund entglitt ihr immer mehr. Es hatte keinen Zweck. Das Bild war weg.

Staunend und zutiefst betroffen starrte Gemma Mikes Rücken an. Der Junge war in der Zeitung gewesen. Seine Mutter war verhaftet worden. Und wenn es die ganze Woche oder sogar das ganze Jahr dauerte – Gemma würde den Grund dafür herausfinden.

6

MIKE

Fragen

„Okay, kennt ihr den?“, fragte Robbie. „Was wird ein Teddybär, wenn er lange genug wach bleibt?“
„Keine Ahnung.“ Mike grinste fröhlich. „Was wird denn ein Teddybär, wenn er lange genug wach bleibt?“
„Müde!“
„Nicht halb so müde wie dieser Witz“, ächzte Kane.
Die anderen Jungen am Tisch lachten. Sie aßen in der Schulkantine zu Mittag, und Mike hatte sich bereits eingewöhnt, fühlte sich zugehörig. Die anderen hatten ihm das Gefühl gegeben, richtig willkommen zu sein.
„Also schön. – Aber der ist echt gut! Wie nennt man einen Teddy, der schon ziemlich abgeschabt ist?“
„Ach, lass doch, Robbie! Hör auf damit“, sagte Kane flehend.
„Jetzt macht schon. Wie nennt man einen abgeschabten Teddy?“
„Ich geb auf“, sagte Kane, dem allmählich die Geduld ausging.
„Teddy Karl! Habt ihr kapiert? Karl ... kahl ...“
Kane nahm ein schlaffes Salatblatt von seinem Teller und schmiss es zu Robbie hinüber.
„He ... Kane Kingston. Entschuldige mal! Jetzt reicht's aber!“, rief Mr Butterworth durch den Saal.
„Ja, Sir“, rief Kane zurück. Dann wandte er sich wieder an Robbie. „Wenn ich noch einen Teddy-Witz höre, bring ich morgen den Teddybär von meinem kleinen Bruder mit und hau ihn dir um die Ohren!“

„Entzückend.“ Robbie grinste.
Mike lachte und sah sich um. Ein Mädchen, das auf der anderen Seite der Kantine in der Schlange an der Essensausgabe stand, schaute zu ihm hin. Als er sie ansah, lächelte sie. Er erwiderte das Lächeln und wandte dann sofort den Blick ab. Sein Gesicht glühte. Wer das Mädchen auch sein mochte, sie gehörte auf jeden Fall zu den hübschesten, die Mike je gesehen hatte. Sie war schwarz, mit dunklem Kraushaar, das ihr in tadellos geflochtenen Zöpfen um den Kopf stand, und sie hatte die größten, dunkelsten und strahlendsten braunen Augen, die man sich nur vorstellen konnte.
„Wer ist die Frau dort drüben?“, fragte Mike und hoffte, dass er sich ganz lässig und gleichgültig anhörte.
„Welche Frau?“, fragte Kane.
„Das Mädchen vorn in der Schlange. Die mit den Zöpfen und dem blauen Kleid“, sagte Mike.
Kane drehte sich um, dann wandte er sich wieder Mike zu und grinste von einem Ohr zum anderen. „Das ist Robyn Spiner. Warum fragst du?“
„Nur so.“ Mike zuckte mit den Schultern. „Ich glaub, ich hab sie vorhin in der Klasse gesehen.“
„Stimmt. Sie sitzt neben Gennifer - Gennifer mit G“, sagte Kane.
„Aha.“ Mike spießte eine Fritte auf und steckte sie in den Mund. Als er wieder aufschaute, stellte er fest, dass alle Jungen am Tisch ihn angrinsten.
„Was ist so witzig?“, fragte er verlegen.
„Er ist verliebt!“ Robbie lachte. „Das hat ja nicht lang gedauert!“
„Red keinen Stuss“, brummte Mike. „Ich wollt's nur wissen, das ist alles.“
„Hallo.“
Jemand stand neben ihm, sprach ihn an. Überrascht sah Mike von seinem Teller hoch und machte dann große

Augen. Es war Gemma. Mike merkte, dass es am Tisch plötzlich sehr still geworden war.
Er nickte Gemma zu und wusste nicht so recht, was er tun oder sagen sollte. Warum hatte sie sich ausgerechnet ihn ausgesucht, um ihn vor allen anderen zu begrüßen? Er warf einen schnellen Blick in die Runde. Es war nicht zu übersehen, dass er nicht der Einzige war, der sich das fragte.
„Willkommen an unserer Schule“, fuhr Gemma fort.
„Danke“, murmelte Mike und hoffte, sie würde wieder gehen.
„Bist du gerade erst hierher gezogen?“
„Genau.“
„Von wo?“
„Was geht dich das an, Gemma?“, wehrte Robbie ab.
„Ich hab nicht mit dir geredet“, sagte Gemma ruhig. Dann wandte sie sich wieder an Mike. „Also, von wo bist du hergezogen?“
„Von Darlington.“
„Das ist in der Nähe von Newcastle, stimmt's?“, fragte Gemma.
„Es ist nicht weit davon entfernt. Aber es liegt näher an Stockton und Middlesbrough.“
„Das hab ich mir gedacht“, sagte Gemma.
Mike bekam Herzklopfen. Auf seiner Stirn bildeten sich Schweißtropfen. Niemand sagte etwas. Je leiser es am Tisch wurde, desto lauter rauschte ihm das Blut in den Ohren. Warum stellte sie all diese Fragen? *Wusste* sie etwas?
„Man hört dir aber gar nicht an, dass du von dort oben kommst“, sagte Gemma nachdenklich.
Mike zuckte mit den Schultern. Was sollte er darauf schon sagen?
„Und? Bist du mit deiner Mutter hergezogen?“, fragte Gemma weiter.

Rund um den Tisch sahen sich Mikes neue Freunde an, runzelten die Stirn und wunderten sich, was das sollte.
„Nein. Ich lebe bei meinen Großeltern. Wenn du willst, kann ich morgen meine Papiere und einen kompletten Lebenslauf mitbringen."
Bei dieser deutlichen Abfuhr brach Gelächter in der Runde aus.
„Ich hab's nur nett gemeint." Gemma zuckte mit den Schultern. Ohne ein weiteres Wort wandte sie sich ab und ging davon.
„Wie ich sehe, hast du eine Verehrerin." Kane zog die Augenbrauen hoch.
„Gemma!" Robbie schnaubte. „Das soll wohl ein Witz sein? Sie ist wie die Braut von Frankenstein!"
Alle in der Runde fingen an zu lachen. Alle bis auf Mike. Er sah, wie sich Gemmas Körper beim Gehen verkrampfte. Am liebsten hätte Mike den anderen am Tisch gesagt: „Seid doch still! Sonst hört sie euch noch", aber das konnte er nicht machen. Außerdem war es ohnehin schon zu spät. Sie hatte es bereits gehört.
„Sie kann nichts dafür, dass sie ein bisschen ..."
„... langweilig ist. Eine graue Maus. Und komisch. Verschroben." Robbie bot eine ganze Reihe von Möglichkeiten an, wie Kanes Satz zu Ende gehen könnte.
„Was genau stimmt denn eigentlich nicht mit ihr?", fragte Mike vorsichtig.
„Sie läuft wie betäubt durch die Gegend, als wäre sie nicht richtig da."
„Ganz in ihre eigene Welt versunken."
„Und sie schneidet dauernd Zeitungen auseinander."
„Total bescheuert."
„Du sagst es!"
Von allen Seiten hagelte es knüppeldick Kommentare.
Mike drehte sich um und sah Gemma nach, als sie die Schulkantine verließ. Es ließ sich nicht mit Gewissheit

sagen, aber irgendwie spürte er, dass sie wusste, wie über sie geredet wurde. Er fragte sich, was ihr jetzt wohl durch den Kopf ging. Irgendetwas hatte sie im Sinn, das stand schon mal fest. Trotz aller Mühe konnte Mike die böse Vorahnung nicht abschütteln, die sich wie ein Leichentuch über ihn legte. Eine innere Stimme sagte ihm, dass die Sache mit Gemma Elliot noch nicht ausgestanden war.

7

GEMMA

Suche

Die Alben waren über den Fußboden verstreut wie Gänseblümchen im Rasen. Mit wachsender Ungeduld blätterte Gemma eins nach dem anderen durch. Sie konnte nicht finden, was sie suchte, aber es musste in einem der Alben sein.

„Gemma, ich ruf dich jetzt zum letzten Mal. Komm essen!“, rief Dad aus dem Erdgeschoss hoch.

„Ich möchte nichts.“ Gemma schaute noch nicht mal auf. Sie hatte keinen Hunger. Jetzt ging es um wichtigere Dinge. Zum Beispiel Spiky Mikey!

„Wie du willst“, rief Dad zurück. „Tarwin, komm essen.“

„Ich will auch nichts!“, hörte Gemma ihren Bruder aus seinem Zimmer rufen.

„Du kommst jetzt runter und isst – und zwar ein bisschen plötzlich!“, schrie Dad.

Die Tür von Tarwins Zimmer ging auf.

Gemma seufzte. „Jetzt geht’s los!“, murmelte sie vor sich hin.

Und damit lag sie richtig.

„Wieso muss ich zum Essen kommen und die feine Prinzessin in ihrem Zimmer nicht?“, tobte Tarwin.

„Weil ich es sage. Du brauchst dein Essen“, sagte Dad mit fester Stimme.

Tarwin brauchte sein Essen. Sie nicht. Gemma legte eine Pause ein und wartete darauf, dass der Schmerz in ihrer Brust und im Hals nachließ. Was hatte Tarwin nur an sich, dass Dad ihm dauernd so zusetzte? Was hatte sie nur an sich, dass Dad ständig über sie hinwegging? Das hätte Gemma gern gewusst, weil sie dann vielleicht etwas dagegen tun könnte. Sie verstand das nicht, obwohl sie weiß Gott lange genug darüber nachgedacht hatte. Dabei sah sie Dad sogar ähnlich. Tarwin nicht. Er ähnelte Mum – jedenfalls hatte er ihr das vor einiger Zeit mal gesagt.

Gemma wünschte sich sehr, sie hätte eine Erinnerung an ihre Mutter, könnte sich an *irgendetwas* erinnern. Und weil das nicht der Fall war, tat es weh, auch nur den Versuch zu unternehmen, weil sie schon im Voraus wusste, dass es ja doch nur wieder ein Fehlschlag wurde. Sie schluckte. Die Kehle tat ihr immer noch weh. Ihr Speichel fühlte sich wie lauter Glasscherben an. Sie schluckte noch einmal. Das ging schon besser. Es tat jetzt nicht mehr so weh.

Tarwin und Dad stritten sich immer noch herum. Gemma blendete ihre Stimmen aus, konzentrierte sich voll und ganz auf Michael Woods. In einem ihrer Alben hatte sie ein Bild von ihm, das wusste sie genau. Und auf diesem Bild weinte er. Ganz anders als vorhin, als er mit seinen Freunden über sie gelacht hatte.

Es hatte keinen Zweck. So würde sie nie etwas finden. Sie musste sorgfältig und methodisch vorgehen, sonst fand sie den Zeitungsartikel nie.

Sie nahm ein Album auf, das sie vor über einer Stunde beiseite gelegt hatte, und schlug es auf der ersten Seite auf. Es würde Stunden dauern, bis sie alle Alben durchgesehen hatte, aber sie war wild entschlossen. Wenn es sein musste, würde sie sich jedes einzelne Foto ansehen und jede Schlagzeile lesen.

„Ich weiß nicht, wieso ich mir die Mühe mache, überhaupt noch zu kochen. Das kann ich mir wirklich sparen. Na schön, da keiner von euch sein Essen haben will, kippe ich's eben in den Mülleimer!“, schrie Dad.

Was für ein Verlust!, dachte Gemma verächtlich. Welche kulinarischen Genüsse ihr heute Abend wohl entgingen? Dads Bohneneintopf oder mal wieder eine Opfergabe aus verbranntem Fleisch? Wenn Dad schlafen gegangen war, würde sie schnell hinuntersausen, sich ein Käsebrot oder eins mit Bananenscheiben machen und sich ein Glas Saft oder Limo holen. Aber vorher hatte sie noch allerhand Arbeit vor sich.
Gemma blätterte zur nächsten Seite um.

8

M I K E

Dein erster Tag

„Wie war dein erster Tag an der neuen Schule?“

Mike sah zu Gramps und Nan hin, die an den Schmalseiten des Esstischs saßen, der eine oben, die andere unten. Warum konnten sie sich nicht alle zusammen zum Essen aufs Sofa setzen? Warum so förmlich? Nahmen sie ihr Abendessen immer so ein?

„Willst du deiner Großmutter nicht antworten?“, hakte Gramps nach.

„Entschuldige, Nan“, sagte Mike schnell. „Es ist ganz gut gelaufen. Ich hab sogar schon ein paar Freunde gefunden.“

„Wie schön! Wie schön!“

Es war nicht zu übersehen, mit welcher Erleichterung seine Großeltern einen Blick tauschten.

„Ich schäme mich nicht, auch wenn ihr das anders seht.“ Mikes Stimme klang bitter. Er hatte gar nicht vorgehabt, gleich wieder die Verteidigungsposition einzunehmen, aber er wusste, was ihnen durch den Kopf ging. Sie machten sich Sorgen, dass jemand dahinter kommen könnte, wer er war.

„Wir haben nie gesagt, dass es etwas gäbe, wofür du dich schämen müsstest“, sagte Nan.

„Aber ihr habt es gedacht“, beharrte Mike. „Was habt ihr nur? Macht es euch solche Probleme, was die Nachbarn sagen könnten, wenn sie über eure Schwiegertochter und euren Enkel Bescheid wüssten?“

„Mike, leg dir einen anderen Ton zu, wenn du mit deiner

Großmutter sprichst." Gramps machte ein strenges Gesicht.
„Michael, Schatz, ich habe dabei nicht an deinen Großvater und mich gedacht. Wir sind alt genug, um uns nicht mehr darum zu kümmern, was die Leute reden. Aber ich mache mir Sorgen um dich", sagte Nan mit sanfter Stimme. „Du tust nach außen hin so hart, als ob dir die Leute ganz egal wären, aber ich weiß, dass es dir etwas ausmacht."
„Nein, gar nicht wahr."
Wenn Nan ihm widersprochen oder ihn für dumm erklärt hätte, wäre alles in Ordnung gewesen. Aber das machte sie nicht. Stattdessen legte sie den Kopf schräg und lächelte. Sie lächelte einfach nur. Und dieses Lächeln streute Mike Sand in die Kehle und holte aus heiterem Himmel Tränen hervor, die ihm über die Wangen liefen.
Als Nan das sah, sprang sie blitzschnell auf. Und gleich darauf hatte sie den Arm um Mikes Schultern gelegt.
„Ist schon gut, Schatz. Ist schon gut", tröstete sie ihn. „Du hast so entsetzlich viel durchmachen müssen. Mehr, als ein einzelner Junge aushalten kann. Ich wollte nur, wir hätten nicht bis zur Gerichtsverhandlung warten müssen, um zu erfahren, was überhaupt los war."
„Was meinst du damit?" Mike zog die Nase hoch.
Er sah, wie Nan die Lippen fest zusammenkniff und über seinen Kopf hinweg zu seinem Großvater hinüberschaute. Gramps schüttelte den Kopf.
„Das spielt keine Rolle." Endlich brachte Nan ein Lächeln zustande. „Wichtig ist nur, dass du jetzt hier bei uns bist und wir für dich sorgen können."
Mike wischte sich mit dem Handrücken die Tränen ab. Nan verstand das Signal und kehrte zu ihrem Stuhl zurück.
„Hoffentlich schmeckt dir das Essen, das wir für dich

gekocht haben. Es gibt Lammpastete mit Kartoffelbrei und Erbsen und Mais und zum Nachtisch entweder Götterspeise oder Käsekuchen mit Erdbeeren und Vanilleeis. Wie findest du das?“

„Nicht schlecht“, gab Mike zu.

Nan fing an zu lachen und Gramps stimmte mit ein. Zu seiner eigenen Überraschung lachte auch Mike mit.

Eine Weile aßen sie schweigend, aber es war nicht dieses unbehagliche Schweigen, vor dem Mike gegraut hatte. Er sah zu Gramps und Nan hinüber, die sich beim Essen zwischendurch anlächelten. Sie hatten offensichtlich eine sehr herzliche Beziehung, nicht so wie seine Eltern in den letzten Jahren. Aber Mike konnte sich noch an eine Zeit erinnern, als seine Eltern genauso gewesen waren. Eine Zeit mit verstohlenem Lächeln und fröhlichem Tuscheln und sehr viel Lachen. Eine Zeit, in der alles so gut lief, dass Mike geglaubt hatte, eine glücklichere Familie könnte es gar nicht geben. Aber gute Zeiten dauerten niemals ewig. Das wusste niemand besser als Mike. Während er seine Großeltern betrachtete, stiegen all die vielen Fragen in ihm auf, die er ihnen so gern gestellt hätte. Und er wusste, welche ganz oben auf seiner Liste stand.

„Warum habt ihr in der ganzen Zeit, die ihr im Gerichtssaal wart, nie mit mir gesprochen?“ Die Frage rutschte ihm heraus, war schon zur Hälfte gestellt, bevor er überhaupt merkte, dass er sie laut aussprach. Aber er brach nicht ab.

Gramps legte sorgfältig Messer und Gabel auf den Teller und tupfte sich mit der Serviette den Mund ab. Verzögerungstaktik.

„Wir wollten ja ...“, fing Nan an.

„Aber man hatte uns ... darum gebeten, nicht mit dir zu sprechen oder in irgendeiner Weise mit dir Kontakt aufzunehmen“, sagte Gramps.

„Wer hat euch darum gebeten?“, fragte Mike verblüfft.
„Der Anwalt deiner Mutter“, antwortete Gramps.
Nan redete hastig weiter. „Ich glaube, deine Mutter war der Ansicht, dass es bei dem ganzen Rummel dir gegenüber nicht fair wäre, wenn wir uns ... einmischen.“
„Einmischen?“ Mike traute seinen Ohren kaum. Zu Beginn des Gerichtsverfahrens hatte er ein paar Mal ein Lächeln von seinen Großeltern erhalten, aber damit war bald Schluss gewesen, als der Prozess in Gang kam. Mike hatte immer geglaubt, das hätte an den Lebensumständen gelegen, die dabei ans Licht kamen. Die Umstände mussten zur Sprache kommen, als Entlastungsmaterial für seine Mutter. Er hatte seine Großeltern gehasst, weil sie so deutlich zur Schau trugen, dass sie für Dad Partei ergriffen. Aber jetzt sah es ganz so aus, als steckte noch mehr dahinter.
„Nun ja, ‚einmischen‘ ist vielleicht ein zu harter Ausdruck.“ Gramps sah zu Nan hinüber. „Aber deine Mutter fand es wohl weder dir noch uns gegenüber fair, wenn du irgendwie zwischen die Fronten geraten würdest, hin und her gerissen zwischen deiner Mutter auf der einen und uns auf der anderen Seite.“
„Aber ihr seid doch meine Großeltern.“
Der Blick, den Nan und Gramps wechselten, war so deutlich, dass er nicht zu übersehen war – dazu hätte sich Mike auf einem anderen Stern befinden müssen. Sie waren mit ihm einer Meinung. Sein letzter Einwand war offenbar auch ihrer gewesen.
„In den Augen deiner Mutter waren wir wohl an erster Stelle die Eltern deines Vaters und an zweiter Stelle die empörte Öffentlichkeit. Und dass wir deine Großeltern sind, kam bei ihr vermutlich erst ganz am Schluss.“ Nan zuckte mit den Schultern.
„Ich verstehe“, sagte Mike, aber seine Miene hellte sich nur wenig auf.

Es sah ganz danach aus, als hätte ihn seine Mutter wieder beschützen wollen. Vor seinem Vater, seinen Großeltern, den Medien, der ganzen Welt. Es war wirklich ein Jammer, dass der Einzige, vor dem sie ihn nicht beschützen konnte, er selbst war.

9

GEMMA

Gefunden

Es war im viertletzten Album. Allmählich glaubte Gemma schon, dass sie sich geirrt hatte und das Bild nie finden würde, aber dann, auf der letzten Seite, war es plötzlich da. Ganz so, wie sie es in Erinnerung hatte. Mike und seine Mutter wurden auseinander gezerrt, darunter die riesige Schlagzeile, die in knalligen Buchstaben verkündete: EHEFRAU VON KOMA-PATIENT GEFUNDEN.

Ärgerlich war nur, dass es keine genaueren Informationen gab. Wie üblich hatte Gemma nur die Schlagzeile und das Foto ausgeschnitten, aber diesmal wollte sie über die Frau auf dem Foto mehr wissen. Gemma wusste nicht mal ihren Namen. Sie zermarterte sich das Gehirn, um sich an die Geschichte zu erinnern. Bruchstücke davon blitzten vor ihrem geistigen Auge auf, spannten sie aber nur umso mehr auf die Folter.

Koma-Patient ... Ihr fiel etwas von einem Haus ein, in dem ein Mann von einer Nachbarin gefunden wurde. Er lag im Koma, und es gab ein Gerichtsverfahren wegen Mordes, aber mehr wusste sie nicht mehr. Gemma sah sich den Zeitungsausschnitt ganz genau an. Über der Schlagzeile entdeckte sie „14. Ju“, aber das war schon alles. Was hieß „Ju“? Juni oder Juli? Auf jeden Fall lag das Monate zurück, fast ein Jahr.

Gemma wusste, aus welcher Zeitung die Schlagzeile stammte. Die knallige Aufmachung war unverkennbar, das war also kein Problem. Der Artikel stammte eindeutig aus dem *Daily Chronicle*. Morgen nach der Schule würde sie gleich als Erstes in die Bücherei gehen. Aber bewahrte man dort auch Zeitungen auf, die schon so alt waren? Gemma hoffte sehr, dass das der Fall war.

Nachdem sie Mikes Mutter ausgiebig betrachtet hatte, richtete sie ihre Aufmerksamkeit auf ihn selbst. Dabei konnte sie sich ein verstohlenes Lächeln nicht verkneifen. Vorhin hatte er über sie gelacht. Hatte sie zusammen mit seinen neuen Freunden ausgelacht. Also, auf diesem Bild lachte er jedenfalls nicht. Was Kane und die anderen wohl sagen würden, wenn sie das Bild aus ihrem Album sahen? Und was würde Mike dazu sagen? Er wäre bestimmt nicht mehr so arrogant, das stand schon mal fest.

Gemma schaute sich noch mal Mikes Mutter an. Was für ein Mensch war sie? Was war mit dem Mann im Koma passiert? Wer war er überhaupt? Gemma wollte alles über Mike und seine Mutter erfahren und über die Ereignisse, die zu der Szene auf diesem Bild geführt hatten.

Morgen um diese Zeit würde sie Bescheid wissen.

10

MIKE

Lächeln

„Was läuft da zwischen Gemma und dir?“, fragte Kane.
Mike runzelte die Stirn. „Wie meinst du das?“
„Sie nickt dir schon den ganzen Tag zu und lächelt dabei.“
Also hatte Mike sich das nicht nur eingebildet. Er war sich nicht sicher, ob er jetzt erleichtert sein oder sich noch mehr Sorgen machen sollte. Es kam ihm so vor, als wäre sie dauernd um ihn herum – jedes Mal, wenn er aufschaute, war sie da. Sie hatte so ein heimliches Lächeln im Gesicht, und im Lauf des Tages war es immer schlimmer geworden. Anfangs hatte Mike zurückgelächelt, aber Gemmas Lächeln wich nicht von ihrem Gesicht, veränderte sich nicht das kleinste bisschen.
Allmählich ging Mike auf, dass Gemma ihn gar nicht anlächeln wollte, sie hatte ganz einfach ihren Spaß an einem Witz, den nur sie kannte. Das war so, als würde man ausgelacht, nur war Gemmas Lächeln viel verwirrender und unheilvoller. Eine Katze, die eine gefangene Maus beäugt – daran erinnerte sie ihn. Sie hatte den ganzen Tag kein Wort gesagt. Weder zu ihm noch zu sonst jemand, soweit Mike das beurteilen konnte, und offenbar kam das bei ihr häufig vor. Vielleicht war sie wirklich nicht ganz dicht.
Dass sie nicht redete und mit niemandem herumzog, war schon seltsam. Sie schien sich alle Mühe zu geben, mit der Wand zu verschmelzen und von der Bildfläche zu verschwinden – nur ihm gegenüber war das anders.

Vielleicht war sein erster Eindruck richtig gewesen. Vielleicht wusste sie wirklich, wer er war. Vielleicht ... Vielleicht ... Vielleicht ... Diese Vielleichts machten ihn ganz verrückt.
Lass doch, hielt er sich energisch vor. Es gab nichts, wofür er sich schämen müsste. Was machte es schon, wenn sie tatsächlich Bescheid wusste? Das konnte ihm egal sein. Was machte es schon, wenn ihm das Herz schwer wurde und schmerzhaft pochte? Was machte es schon, wenn dieses komische Gefühl, das ihm schon den ganzen Tag im Magen rumorte und Übelkeit bereitete, ständig schlimmer wurde? Mike schloss die Augen. Wem wollte er etwas vormachen? Auch wenn er sich das noch so oft einredete – es war ihm nicht egal, ob sie Bescheid wusste. Es war ihm ganz und gar nicht egal. Und wenn sie es wirklich wusste, was würde sie tun? Diese Frage quälte ihn am meisten.

11

G E M M A

Die Bücherei

Als Gemma sich vor das Mikrofiche-Lesegerät setzte, fing sie an zu lachen. Die Frau neben ihr sah sie befremdet an, und Gemma presste die Lippen zusammen und wandelte ihr Lachen in ein Husten um, das allerdings wenig überzeugend klang. Aber sie konnte nichts dagegen machen! Sie musste jedes Mal lachen, wenn sie an Mike dachte.

Den ganzen Tag hatte sie ihn damit nervös gemacht, dass sie ihn anlächelte. Sonst nichts. Sie hatte nur gelächelt und zugesehen, wie er immer unruhiger wurde. Von selbst wäre Gemma nie auf die Idee gekommen, dass ein Lächeln so zermürbend sein konnte, aber sie hatte neulich in einer ihrer Zeitungen einen Artikel darüber gelesen. In einem Interview hatte die Krankenschwester einer Psychiatrischen Klinik gesagt, dass man den Patienten, die viel lächelten, niemals den Rücken zukehren durfte. Das galt nicht für Leute mit einem fröhlichen „Hallo! Wie geht's?"-Lächeln, aber für die, deren Lächeln besagte: „Ich weiß etwas, was du nicht weißt ..." Für die, in deren Lächeln eine Drohung lag: „Sieh dich bloß vor!" Nicht, dass Gemma verrückt gewesen wäre. Natürlich nicht! Aber ihr Lächeln hatte dazu geführt, dass Mike sie nicht ignorieren konnte, auch wenn er sich noch so sehr darum bemühte. Endlich hatte sie jemanden gefunden, der sie nicht dazu zwingen konnte, ihren Tarnmantel zu tragen und unsichtbar zu werden.

Entschlossen schob Gemma die Gedanken an Mike beiseite und konzentrierte sich auf ihre Aufgabe. Sie sah sich den Mikrofiche, auf dem der *Daily Chronicle* gespeichert war, von allen Seiten an, von vorn nach hinten und wieder zurück. Am vierzehnten Juni war kein Artikel über Mike und seine Mutter erschienen. Gemma nahm den Mikrofiche heraus und legte den vom vierzehnten Juli letzten Jahres ein. Erste Seite. Null. Zweite Seite. Nichts. Dritte Seite. Null. Vierte Seite. Immer noch null. Fünfte Seite.

„Bingo!" Gemma grinste so breit, dass ihr die Gesichtsmuskeln wehtaten. Sie schraubte dieses ungewöhnliche Zur-Schau-Stellen ihrer Gefühle etwas herunter und fing an zu lesen.

> Marsha Woods, 44, wurde gestern Abend wegen Verdachts auf schwere Körperverletzung verhaftet. Der Polizeisprecher teilte dem Daily Chronicle mit: „Auf einen anonymen Hinweis hin nahmen wir Mrs Woods, die derzeit unter ihrem Mädchennamen Clancy lebt, vor dem Saddler's Arms-Hotel in Darlington fest. Sie war zusammen mit ihrem Sohn Michael aus ihrem Haus geflohen."
> Ihr Mann, Mr Richard Woods, liegt im Koma. Vor fünf Tagen wurde er von einer Nachbarin in diesem Zustand aufgefunden. Wie es heißt, ist Marsha Woods der Polizei bei der Aufklärung des Falls behilflich. Ihr Sohn Michael wurde inzwischen bei Freunden untergebracht.

Schwere Körperverletzung? Was hatte sie gemacht? Wenn sie wegen schwerer Körperverletzung verhaftet worden war, hatte ihr Mann bestimmt keinen Herzinfarkt oder Schlaganfall gehabt. Gemma fragte sich, ob Mike gewusst hatte, was los war. War ihm klar gewesen, was seine Mutter getan hatte, bevor sie sich aus dem Staub machten? Vielleicht war er sogar Augenzeuge ge-

wesen. Mike hatte gesagt, dass er bei seinen Großeltern wohnte. Wo war seine Mutter?
Gemma betrachtete das Zeitungsfoto, das Gesicht von Mikes Mutter, das von Qual und Angst gezeichnet war. Dann dachte sie daran, wie Mike mit seinen Freunden lachte und scherzte. Seine Mutter hatte etwas Besseres verdient als so ein Kind wie Mike. Gemma wäre ein besseres Kind. Das war so unfair. Warum hatte Mike eine Mutter, die sich offensichtlich sehr um ihn sorgte, während Gemma ... niemanden hatte. Sie musste unbedingt in Erfahrung bringen, was aus Mrs Woods geworden war. Das war so wichtig, dass im Vergleich dazu alles andere auf der Welt bedeutungslos wurde.
„Ich werde Sie finden, Mrs Woods", sagte Gemma leise. Und um das zu erreichen, würde sie jede einzelne Ausgabe des *Daily Chronicle* durchsehen, vom Anfang der Geschichte bis zum heutigen Tag.

12

M I K E

Zwei Wörter

„Hallo, Mike."

Mike rutschte das Herz in die Hose. Er sah stur geradeaus, auf die Schultern seines Vordermanns. Auf keinen Fall würde er sich umdrehen. Vielleicht konnte er so tun, als hätte er nichts gehört. Er stand schon seit zehn Minuten in der Warteschlange an der Essensausgabe. Die Schlange rückte im Tempo einer rheumakranken Schnecke vor.

„Hallo, Mike." Jetzt klopfte sie ihm auch noch auf die Schulter. Es gab kein Entrinnen mehr.

„Ach, hallo, Gemma." Mike schielte zu seinen Freunden hinüber, die bereits zu grinsen anfingen. Warum konnte dieses Mädchen ihn nicht in Ruhe lassen?

„Kann ich mal mit dir reden?", fragte Gemma.

„Ich höre."

„Ich meine, privat."

Mike rührte sich nicht von der Stelle. Er würde nie und nimmer mit ihr in irgendeine abgeschiedene Ecke gehen. Ehrlich gesagt wurde sie ihm langsam unheimlich.

„Es geht um deine Mutter ..."

Mike machte große Augen. Sein Blut erstarrte zu Eiskristallen, als wäre ihm vom Kopf bis ganz nach unten ein kalter Wind durch den Körper gefegt.

„Meine ... was ist mit meiner Mutter?" War das wirklich seine Stimme, so atemlos, so *verängstigt*?

Nur keine Panik. Er durfte nicht in Panik geraten. Sie wusste nicht Bescheid. Sie *konnte* nichts wissen.

„Ich wollte mit dir über sie reden“, machte Gemma beharrlich weiter.
„Da gibt’s nichts zu reden.“ Überall Augen. Um ihn herum lauter Augen, die ihn beobachteten. Und alle ringsum hörten zu. Warum gingen sie nicht weg? Warum konnten ihn die anderen nicht einfach in Ruhe lassen?
„Meine Mutter ist tot.“
Das war ihm einfach so herausgerutscht. Und bei diesen Worten erstarrte sein ganzer Körper. Ohne hinzusehen wusste er, dass seinen Freunden das Lachen vergangen war. Sie kicherten und grinsten nicht mehr. Verlegene Anteilnahme breitete sich auf den Gesichtern aus. Aber in diesem Augenblick sorgte er sich nicht um die Reaktion seiner Freunde, sondern um die von Gemma. Sie war seltsam still geworden. Ihre Augen verengten sich zu schmalen Spalten, und sie hatte einen Ausdruck im Gesicht, als wäre sie in einen Hundehaufen hineingetreten und sähe sich jetzt die Bescherung an.
Mit schräg gelegtem Kopf trat sie vor. Mike wich instinktiv zurück. Gemma hielt ihn am Arm fest, damit er nicht wieder ausweichen konnte. Dann beugte sie sich vor und kam mit den Lippen so dicht an sein Ohr, dass er ihren warmen, feuchten Atem auf der Haut spürte. Sie flüsterte ihm etwas zu. Zwei Wörter.
„Marsha Clancy.“
Nur zwei Wörter. Aber sie reichten aus, um das Eis in seinem Inneren zu sprengen und in seinem ganzen Körper ein loderndes Feuer zu entfachen.
Gemma machte kehrt und ging davon. Mike sah ihr nach. Er konnte an nichts anderes denken als daran, dass sie Bescheid wusste.
Sie wusste Bescheid.

13

GEMMA

Lügner

So ein Lügner! Wie konnte er sich unterstehen, solche Lügen über seine Mutter zu verbreiten? Wie *konnte* er das wagen? Drei Tage lang war Gemma jeden Abend in die Bücherei gegangen und hatte die Mikrofiches vom *Daily Chronicle* und anderen Zeitungen studiert um herauszufinden, was mit Mikes Mutter war. Und er war ein Lügner. Wie konnte er ihr in die Augen sehen, den Mund aufmachen und so lügen? So jemanden konnte man nur verachten.

Dabei hatte sie ihm sagen wollen, wie Leid es ihr tat, was mit seiner Mutter geschehen war. Sie beneidete ihn darum, wie leicht er Freunde fand, aber sie hatte sich alle Mühe gegeben, keine Eifersucht aufkommen zu lassen und ihm zu sagen, dass sie das mit seiner Mutter verstand, dass er ihre volle Anteilnahme hatte. Sie wusste, was es hieß, keine Mutter zu haben. Sie wusste, was das mit einem machte. Aber abzustreiten eine Mutter zu haben ... Allen zu erzählen, die Mutter wäre tot ...

Als Gemma im Schulhof angelangt war, zitterte sie am ganzen Körper. Sie ließ sich auf ihre Lieblingsbank nieder und sah sich um. Ein paar Leute spielten Schlagball, andere saßen in Grüppchen beisammen, lasen oder machten irgendwelche Spiele. Wieder mal war Gemma die Einzige, die allein war. Unsichtbar für die anderen. Eigentlich hätte sie daran schon gewöhnt sein müssen, aber das war nicht der Fall. Dabei war sie immer schon

unsichtbar gewesen. Sie konnte sich nicht daran erinnern, dass es jemals anders gewesen wäre.
Und als es nicht mehr zum Aushalten war, hatte sie sich ein geheimes Spiel ausgedacht. Sie tat dann immer so, als hätte sie einen Tarnmantel um. Aber im Grunde wollte sie ihn gar nicht tragen. Die anderen hatten ihr den Mantel aufgezwungen. Und sie hasste ihn.
Gemma senkte den Kopf. Was sollten diese geheimen Gedanken, dass sie unsichtbar wäre? Wem wollte sie damit etwas vormachen? Sie war genauso wenig unsichtbar wie die Bank, auf der sie saß. Und sie zog genauso wenig Aufmerksamkeit auf sich. Dabei hassten die anderen sie nicht mal – selbst das wäre immer noch besser als nichts. Ihr wurde jedoch nur mit Gleichgültigkeit begegnet. Zu Hause, in der Schule – der Ort spielte keine Rolle. Sie wurde überall so behandelt, wo sie auch war, wohin sie auch ging.
Deshalb war ihr Mike so unbegreiflich.
Er hatte eine Mutter. Warum wollte er sich in dieselbe Situation begeben wie Gemma? Er war bereits so beliebt, wie es sich Gemma nur erträumen konnte. Wieso wollte er all dem den Rücken kehren? Gemma wusste nur allzu gut, wann es damit losgegangen war, dass sie Luft wurde. Das war vor vielen Jahren gewesen, damals, als ihre Mutter starb. Und als Mike das von seiner Mutter sagte, hatte er damit laut und deutlich erklärt, dass er so sein wollte wie Gemma. Warum? *Warum* nur?

14

MIKE

Wo steckt sie nur?

Er musste sie finden. Wo steckte sie nur? Mike rannte in der Schule die Gänge entlang, schaute in eine Klasse nach der anderen. Mit jedem Schritt wuchs seine Verzweiflung. Abgesehen von der Mädchentoilette – und dort würde er ganz bestimmt nicht hineingehen – gab es nur noch einen Ort, wo er noch nicht nachgesehen hatte. Draußen. Sie musste draußen sein. Was sollte er machen, wenn sie nicht auf dem Schulhof war?
Keine Panik, wies er sich streng zurecht. Erst musst du sie finden, dann kannst du alles andere klären.
Mike stürmte aus dem Schulgebäude und rannte den Weg entlang, der zum Schulhof führte. Gleich darauf sah er sie auf einer Bank sitzen. Sie war allein. Er blieb stehen, beobachtete sie von hinten und wartete darauf, dass er wieder normal atmen konnte. Gemma saß mit hängenden Schultern da und hielt den Kopf gesenkt. Ihr Körper war ganz in sich zusammengesunken, so als wollte sie sich so klein wie möglich machen.
Komisch, dass ausgerechnet sie über seine Mutter Bescheid wusste. Wie hatte sie das herausgefunden? Hatte sie es schon immer gewusst? Nein, das nahm Mike nicht an – aber solche Überlegungen waren jetzt müßig. Er musste zu einer Entscheidung kommen, was jetzt zu tun war. Wenn er doch nur nicht gesagt hätte, dass seine Mutter tot wäre – noch dazu vor allen Leuten, nicht nur vor Gemma. Mike wusste selbst nicht, wie es dazu gekommen war. Vielleicht weil es leichter war, seine Mut-

ter für tot zu erklären, als die Wahrheit zu sagen. Tiefe Selbstverachtung überkam ihn. Genau darum ging es, nicht wahr? Darum ging es immer - was für ihn am leichtesten war.

Es war, als hätte Gemma bemerkt, dass sie beobachtet wurde. Sie drehte sich um. Ihre Blicke trafen sich, und zahllose Sekunden verstrichen, während sie einander ansahen. Mike versuchte ein vorsichtiges Lächeln, das jedoch nicht erwidert wurde. Stattdessen bedachte Gemma ihn mit einem Blick voller Verachtung. Als Mike auf sie zuging, wandte Gemma sich ab. Mike wurde langsamer, blieb aber nicht stehen. Er ging um die Bank herum und stellte sich vor Gemma hin. Sie schaute zu ihm hoch, sagte aber immer noch nichts. Mike wünschte sich sehr, sie würde etwas sagen. Irgendetwas, egal was. Nach kurzem Zögern setzte er sich zu ihr.

„Hallo", fing er an. „Ich hab dich gesucht."

Gemma sah ihn an. „Warum?"

„Ich würde gern mal mit dir reden."

„Ich höre." Gemma drehte sich von ihm weg und sah stur geradeaus.

„Du hast ... Marsha Clancy gesagt. Vorhin. Gerade eben. In der Kantine." Mike merkte selbst, dass er viel zu weitschweifig daherredete, aber er konnte nichts dagegen tun. Mit einem Mal bedauerte er es, sie gefunden zu haben. Vielleicht hätte er die Sache lieber auf sich beruhen lassen sollen.

„Und?"

„Warum hast du diesen Namen gesagt?"

„Das ist doch deine Mutter, oder?" Gemma sah ihm jetzt voll ins Gesicht, mit einem wilden, brennenden Blick.

„Ja, das ist meine Mutter." Mikes Antwort kam im Flüsterton heraus.

„Warum hast du behauptet, dass sie tot wäre?"

Mike senkte den Kopf. „Ich weiß selbst nicht. Das ist mir einfach so herausgerutscht."
„Wie kann man nur so etwas Furchtbares sagen!" Gemmas Stimme klang so zart wie Blütenblätter und war dabei hart wie Stahl. „Deine Mutter ist nicht tot. Sie ist im Gefängnis."
Und in diesem Augenblick brach Mikes ganze Welt zusammen. Er hörte, wie der Himmel einstürzte, und darauf folgte eine Stille, wie er noch keine erlebt hatte. Ihm wurde so schlecht, dass er glaubte, sich tatsächlich übergeben zu müssen. Sein Mund füllte sich mit Speichel. Er schluckte und schluckte, ging mit aller Macht gegen den Brechreiz an.
Er brachte kein Wort heraus. Und auch Gemma sagte nichts. Sie waren in Schweigen gehüllt. Bis Gemma es ausgesprochen hatte, dass seine Mutter im Gefängnis war, hatte noch Hoffnung bestanden, eine kleine Chance, dass sie zwar den Namen seiner Mutter kannte, aber sonst nicht viel wusste. Jetzt war diese Hoffnung zerschlagen.
„Was hast du vor?", fragte Mike schließlich.
Bei dieser Frage sah Gemma ihn erstaunt an. „Ich? Ich hab nichts vor. Was soll ich denn vorhaben?"
Mike gab keine Antwort.
„Hat deine Mutter wirklich ... hat sie wirklich das getan, was in der Zeitung stand?", fragte Gemma.
„Sie ... es war ein Unfall", flüsterte Mike.
„Was ist passiert?"
Mike zuckte mit den Schultern. „Mein Vater machte gern ... Spielchen. Meine Mutter und ich bekamen mit der Zeit richtig Angst vor ihm, und das gefiel ihm. Eines Tages ist er zu weit gegangen und ..." Mike legte eine Pause ein und wartete darauf, dass seine Stimme wieder funktionierte. „D-Dad ist hingefallen und mit dem Kopf aufgeschlagen. Er hat ewig lange im Koma gelegen,

aber dann ist er gestorben, und Mum wurde wegen Körperverletzung mit Todesfolge angeklagt." Die Worte sprudelten immer schneller aus ihm heraus, so als wäre irgendwo ein Damm gebrochen. „Sie wollte mich beschützen. Mum versucht immer, mich zu beschützen."
„Schämst du dich ihretwegen?"
„Nein, natürlich nicht." Eine zornige Verneinung, die wie aus der Pistole geschossen kam. „Meine Mum ... meine Mum ist die beste Mutter auf der Welt."
„*Du* hast gesagt, dass sie tot wäre. Das war nicht ich", erinnerte Gemma ihn.
Mike ließ den Kopf hängen. Auch wenn er sich noch so große Mühe gab – was er getan hatte, ließ sich nicht wegdiskutieren. Er war selbst ganz entsetzt über die Worte, die aus seinem Mund gekommen waren. Für seine Mutter brauchte er sich nicht zu schämen. Aber er schämte sich für sich selbst.
„Hast du deine Mutter im Gefängnis besucht?"
„Nein."
„Aber sie ist doch schon über drei Monate drin!"
„Wie ich sehe, hast du deine Hausaufgaben gemacht." In Mikes Worten schwang ein Hauch von Verachtung mit.
„So schwierig war das gar nicht." Gemma zuckte mit den Schultern.
„Warum dieses Interesse?" Diesmal bemühte sich Mike um einen sachlichen Tonfall.
„Ich konnte mich an ein Foto von deiner Mutter erinnern – und von dir", sagte Gemma. „Deine Mutter hat so ... nett ausgesehen, deshalb hab ich mir das Bild gemerkt."
Mike runzelte die Stirn. Soviel er wusste, war in der Zeitung nur ein einziges Foto erschienen, das ihn und seine Mutter zusammen zeigte. Die Aufnahme war draußen vor dem *Saddler's Arms* gemacht worden, als seine Mutter verhaftet wurde. Aber das war viele Monate her.

Hatte Gemma ihn von diesem Foto erkannt? Er war ein Stück gewachsen, hatte stark abgenommen und trug in der Schule jetzt eine Brille. Und sie hatte ihn trotz all dieser Veränderungen wieder erkannt? Er drehte sich zur Seite und sah Gemma an. Sie war so ... seltsam. Bei ihr blickte er beim besten Willen nicht durch.
„Haben deine Freunde es nicht komisch gefunden, dass du hinter mir hergelaufen bist?“, fragte Gemma.
„Ich bin dir nicht ...“
Gemma sah ihn an, und das Leugnen erstarb ihm auf den Lippen. Keine Lügen mehr. Stattdessen zuckte er mit den Schultern.
„Du hättest wenigstens erst aufessen sollen“, stellte Gemma trocken fest und lächelte.
Mike reagierte wieder mit einem Schulterzucken.
Schweigen.
„Wieso hast du eigentlich nichts gegessen?“, fragte Mike schließlich.
„Ich hab heute Morgen mein ganzes Geld ausgegeben“, sagte Gemma.
Mike fiel ihre Tasche ein, die bis zum Platzen mit Zeitungen und Zeitschriften voll gestopft war. Hatte sie ihr Essensgeld in diese Blätter investiert?
„Ich ... ich kann dir was leihen, wenn du möchtest“, bot Mike ihr an und wurde knallrot im Gesicht.
Gemma drehte sich zu ihm um. Eine tiefe Furche zog sich durch ihre Stirn.
„Damit du dein Mittagessen bezahlen kannst“, erklärte Mike hastig. „Wenn du willst.“ Vielleicht ist jetzt der Augenblick gekommen, dass wir Freundschaft schließen, dachte er.
Wenn er nur wüsste, was Gemma dachte.

15

G E M M A

Essensgeld

Trotz aller Bemühungen kam Gemma nicht dahinter, was Mike jetzt dachte. Im allerersten Augenblick hatte sie tatsächlich geglaubt, er wollte sie bestechen. Aber das war lächerlich. So war Mike nicht – jedenfalls nahm sie das nicht an. Trotzdem ... Warum sollte er ihr Geld leihen?

„Das hat keinen Haken. Du kannst mir das Geld ja morgen wiedergeben – oder wann es dir eben passt", sagte Mike.

„Warum?"

„Weil das Geld kein Geschenk ist." Mike runzelte die Stirn. „Ich leih es dir nur, das ist alles."

„Das hab ich nicht gemeint", wehrte Gemma ab. „Ich meine, warum willst du mir überhaupt Geld leihen?"

„Ich hab mir nur gedacht, dass du vielleicht gern was essen würdest."

„Ach so." Gemma dachte kurz nach. „Also gut. Ich hab wirklich Hunger. Ich zahl's dir Anfang nächster Woche zurück."

„In Ordnung", sagte Mike erleichtert. Er wühlte in seinen Taschen herum und holte ein paar Geldstücke hervor. „Hier hast du."

Gemma zögerte. Fast widerstrebend streckte sie die Hand aus und nahm das Geld. „Ich geb's dir wieder, okay? Jeden Penny."

„Ist ja gut, ist ja gut. Jetzt komm, wir holen uns was zu futtern."

Sie standen auf und gingen den Weg zur Kantine entlang. Gemma konnte sich gar nicht mehr erinnern, wann sie das letzte Mal zusammen mit jemand anderem zum Mittagessen gegangen war. Sie sah Mike an. Er sah sie an.
„Das mit deiner Mutter tut mir Leid“, sagte Gemma, um überhaupt etwas zu sagen.
Mike gab keine Antwort.
„Meine Mutter ist gestorben, als ich vier war.“ Gemma sprach mit leiser Stimme. „Ehrlich gesagt weiß ich gar nicht mehr, wie sie ausgesehen hat. Und mein Vater hat keine Fotos von ihr.“
Sie gingen weiter.
„Du kannst deine Mutter wenigstens besuchen. Und du hast immerhin die Gewissheit, dass ihr eines Tages wieder zusammen seid.“
Mike sagte immer noch nichts.
„Wie lange muss sie denn im Gefängnis bleiben?“ Gemma konnte nur hoffen, dass ihm diese Frage nichts ausmachte. Sie wollte nicht neugierig sein und war es im Grunde auch nicht. Das alles interessierte sie nur so sehr.
„Mum wurde zu zehn Jahren verurteilt.“
„Zehn Jahre!“, sagte Gemma entsetzt.
„Aber ihr Anwalt hat Berufung eingelegt. Wir hoffen, dass das Strafmaß gemindert wird.“
Zehn Jahre. In dem letzten Zeitungsartikel, den Gemma gefunden hatte, war davon die Rede gewesen, dass Mikes Mutter schuldig gesprochen wurde, das endgültige Urteil aber vertagt worden war, bis der Richter die sozialen und psychologischen Gutachten über sie gelesen hatte. Gemma hatte keine Ahnung gehabt, dass Mikes Mutter zu einer so hohen Strafe verurteilt worden war. Offenbar waren ihr die Zeitungen entgangen, in denen über das Urteil berichtet wurde. Sie hatte nur

gelesen, dass Mikes Mutter ihren Mann zu Boden geschlagen hatte, ihn im Koma liegen ließ und anschließend zusammen mit Mike geflohen war. Gemma erinnerte sich an Artikel, in denen stand, dass Marsha Clancy - oder Woods, wie sie als verheiratete Frau hieß - zu ihrer Entlastung seelische und körperliche Misshandlung vorgebracht hatte, aber der Richter hatte sich nicht darauf eingelassen. Er hatte Mikes Mutter gewarnt, dass er die Gutachten zwar abwarten würde, selbst aber zu einer härteren Strafe neigte, weil „zu viele Frauen sich auf Misshandlung beriefen, ohne dass sich das unter den gegebenen Umständen nachweisen ließ". Die meisten Zeitungen hatten für Mikes Mutter Partei ergriffen. Einige aber nicht.
„Und du lebst jetzt bei deinen Großeltern?"
„Genau. Zuerst hat mir davor gegraut, aber so schlimm sind sie gar nicht", sagte Mike. „Ich ... ich hab ihnen am Anfang die Schuld an allem gegeben, weil sie uns nicht früher geholfen haben."
„Aber jetzt glaubst du nicht mehr, dass sie schuld daran sind?"
„Ehrlich gesagt glaub ich nicht mal, dass sie wussten, was wirklich los war – jedenfalls nicht vor der Gerichtsverhandlung. Wir haben über zweihundert Meilen von ihnen entfernt gewohnt, deshalb haben wir uns nicht oft gesehen, vor allem dann nicht mehr, nachdem Dad seine Arbeit verloren hatte. Außerdem war Dad ihr Sohn. Mum war nur die Schwiegertochter, also konnte sie ihnen schlecht sagen, wie es bei uns zu Hause zuging."
„Du meinst, deine Großeltern sind mit deinem Vater verwandt und nicht mit deiner Mutter?", fragte Gemma orstaunt.
Mike nickte. „Mums Eltern sind schon vor meiner Geburt gestorben."
Schweigend gingen sie weiter. Diese Nachricht musste

Gemma erst mal verdauen. Sie versuchte sich vorzustellen, wie sie sich wohl fühlen würde, wenn sie an Mikes Stelle wäre.

„Es muss schwer sein, bei den Großeltern zu leben, während die Mutter im Gefängnis sitzt, weil sie den Sohn der Großeltern so schwer verletzt hat, dass er daran gestorben ist", sagte Gemma. „An deiner Stelle hätte ich dauernd das Gefühl, auf rohen Eiern zu laufen. Ich hätte Angst, irgendwas Falsches zu tun oder zu sagen, worüber sie sich aufregen könnten."

„Haargenau so ist es." Mike blieb stehen und starrte Gemma an. „Ich hab das Gefühl, dass ich wegen meiner Mutter gar nicht bei ihnen sein dürfte. Aber es gibt ja auch noch meinen Dad – und er *war* mein Vater."

„Und du steckst dazwischen", stellte Gemma fest.

„Stimmt genau."

Mike und Gemma lächelten sich an.

Es wird alles gut, dachte Gemma und lächelte noch strahlender. Sie und Mike hatten etwas gemein, sie konnten einander verstehen. Vielleicht würden sie sogar Freunde werden. Zum ersten Mal seit langer, langer Zeit hatte Gemma etwas, worauf sie sich freuen konnte. Das war ein so seltenes, aufregendes Gefühl, dass es wie Sprudel in ihr schäumte und prickelte. Mike unterhielt sich mit ihr, vertraute ihr etwas an. Sie war nicht mehr unsichtbar. Sie war *wichtig*.

16

M I K E

Bleiben

„Wie ging es bei dir zu Hause denn zu?“, fragte Gemma. Mike sog zischend die Luft ein. Gemma machte wirklich keine Umschweife. Sie sah ihm in die Augen und fragte ihn frei heraus. Das hatte bisher noch niemand gemacht – noch nicht mal die Sozialarbeiterinnen und Bewährungshelfer. Auch sie hatten ihm haargenau diese Frage gestellt, aber sie hatten dafür ewig lange um den heißen Brei herumgeredet. Zuerst hatte er gar nichts gesagt, aus Angst, dass er mit jeder Silbe die Wahrheit verraten könnte. Dann hatte er versucht, sowohl seine Mutter als auch seinen Vater zu decken, aber das hatte auch nicht funktioniert. Genau wie seine Mutter hielt er nichts davon, dass man in der Öffentlichkeit schmutzige Wäsche wusch, sodass alle Welt sie sehen konnte.

Wie sollte er wildfremden Leuten von den grausamen Psycho-Spielchen erzählen, mit denen sein Vater ihn und seine Mum gequält hatte? Beim bloßen Gedanken daran wurde sein Kopf eiskalt, während ihm das Blut kochend heiß durch die Adern schoss. Wie sollte er wildfremden Leuten erklären, dass er zahllose Wunden davongetragen hatte, die sich aber tief in seinem Inneren befanden und nicht zu sehen waren? Es dauerte eine Weile, bis er begriff, wie sehr er seiner Mutter damit schadete, dass er ihre Intimsphäre und den Ruf seines Vaters unbedingt schützen wollte. Da gab er auf und sagte, wie es gewesen war. Nur glaubte ihm jetzt

keiner mehr. Er hatte mit der Wahrheit zu lange gewartet.
„Mike?“
Mit einem Ruck kehrte Mike in die Gegenwart zurück und merkte, dass Gemma ihn ansah, auf seine Antwort wartete.
Er zuckte mit den Schultern und ließ den Blick über den Schulhof schweifen. „Wir kamen ganz gut klar, außer wenn Dad getrunken hatte. Er war vor einiger Zeit arbeitslos geworden und konnte keine neue Arbeit finden. Da fing er an zu trinken. Wenn er getrunken hatte, wurde er gefährlich. Dann hasste er die ganze Welt, aber er hatte nicht die ganze Welt vor sich, sondern nur Mum und mich. Aber hauptsächlich Mum. Sie hat mich immer beschützt.“
„Ich verstehe. Warst du mit deiner Mum zusammen, bis ... bis sie verurteilt wurde?“, fragte Gemma.
„Nein. Als die Polizei uns aufgespürt hatte, kam Mum in Untersuchungshaft, und ich lebte bei einer Freundin meiner Mutter. Danach war ich eine Zeit lang in einer Pflegefamilie, aber das fand ich schrecklich. Nachdem Mum verurteilt worden war, sagte sie, ich müsste zu meinen Großeltern ziehen. Ich wollte nicht, aber sie hat ihnen geschrieben – und da bin ich dann doch bei ihnen gelandet.“
„Aber du hast doch gesagt, sie wären gar nicht so schlimm“, sagte Gemma.
„Sie sind so weit in Ordnung – auf ihre Weise. Aber ideal ist das nicht. Ehrlich gesagt ist das so, als würde man bei fremden Leuten wohnen. Ich kenne sie eigentlich gar nicht. Jedenfalls nicht gut. Nachdem Dad arbeitslos geworden war, haben wir sie höchstens noch einmal im Jahr besucht. Zwischen uns liegen Welten, zumindest kommt’s mir so vor.“
Sie kamen an der Kantine an, und als sie die Tür auf-

machten, standen sie gleich wieder am Ende der Warteschlange.
„Was holst du dir?“, fragte Gemma. „Ich hab gar nicht gesehen, was es heute gibt.“
Mike schaute sich nervös um. Da waren sie – Kane und Robbie und die anderen. Er konnte sie sehen. Noch wichtiger war, dass sie ihn sehen konnten. Sie beobachteten ihn. Konnten sehen, dass er neben Gemma stand. Er konnte jetzt nicht zu ihnen hin – sie würden doch nur alle möglichen Fragen stellen, die er nicht beantworten wollte. Aber er konnte auch nicht hier stehen bleiben.
„Ich ... ich muss jetzt los“, sagte Mike hastig. „Guten Appetit.“
Und damit lief er aus der Kantine, ohne Gemma die Möglichkeit zu einer Antwort zu geben. Er brauchte sich nicht umzudrehen. Er wusste auch so, dass sie ihm nachsah.

17

GEMMA

Ein bohrender Schmerz

Gemma spürte, wie sich die Geldstücke in ihre Handflächen bohrten, als sie die Fäuste ballte. Na schön, Mike hatte es eilig, von ihr wegzukommen, aber musste er das so deutlich zeigen? Um sie herum starrten ein paar Leute zu ihr hin und kicherten. Was hatte sie nur an sich, dass sie alle vertrieb? Hätte er nicht einfach mit ihr zusammen in der Schlange warten können? War das so viel verlangt? Offenbar ja.
Stocksteif blieb Gemma stehen und sah Mike hinterher, bis er um die Ecke bog und außer Sicht war. Allmählich drang der Schmerz zu ihr durch, als sich die Münzen, die Mike ihr gegeben hatte, immer tiefer in ihre Handflächen bohrten. Am liebsten wäre sie ihm nachgelaufen und hätte ihm gesagt, dass er sein blödes Geld behalten konnte. Sie würde es ihm mit Freuden vor die Füße werfen. Genau das sollte sie auch tun. Sie war gut genug für ein Gespräch, solange es niemand sah - war es das? Akzeptabel in privater Abgeschiedenheit. Unsichtbar in der Öffentlichkeit.
„Rückst du weiter vor, oder was ist?“, fragte der Junge hinter ihr ungeduldig.
Gemma schaute nach vorn. In der Schlange war vor ihr eine Lücke entstanden. Sie betrachtete das Geld in ihrer Hand. Essensgeld? Freundschaftsgeld? Oder einfach nur Geld, damit sie ihn in Ruhe ließ? Die Antwort lag klar auf der Hand. Es war dumm von ihr gewesen zu glauben, dass etwas anderes als die letzte Variante zu-

traf. Wortlos rückte sie vor und stellte sich dicht hinter ihren Vordermann. Mike hatte ihr das Geld gegeben, damit sie sich ein Mittagessen kaufen konnte, und das würde sie auch tun. Wenn er das so haben wollte – bitte sehr. Sie würde sich auf sein Spielchen einlassen. Mal sehen, wer das besser konnte.

18

MIKE

Schuldgefühle

Die Mittagspause war vorbei, und alle waren wieder in der Klasse.

„Butterworth kommt zu spät. Das sieht ihm gar nicht ähnlich“, sagte Kane, der oben auf seinem Tisch thronte.

Mike traute sich nicht, in Gemmas Richtung zu schauen. Er riskierte keinen einzigen Blick. Stattdessen unterhielt er sich mit Kane und versuchte, nicht an seinen leeren Magen zu denken, der heftig protestierte. Was machte sie jetzt? War sie hinter ihm, beobachtete sie ihn? Oder schnitt sie wieder Zeitungsartikel aus?

Warum macht sie das nur?, überlegte er. Vielleicht ...

Schluss damit, wies er sich zurecht. Er war entschlossen, nicht mehr an Gemma zu denken. Sie war ihm zu kompliziert. Okay, er hatte ihr etwas Essensgeld gegeben und in ein paar Tagen vermutlich mehr mit ihr geredet, als die meisten Leute aus der Klasse innerhalb von Monaten mit ihr geredet hatten, und doch hatte er Schuldgefühle. In Zukunft würde er Gemma aus dem Weg gehen. Sie machte nichts als Ärger. Einen Haufen Probleme. Und auf weitere Probleme konnte er verzichten. Im letzten Jahr hatte er so viele Probleme gehabt, dass es für sein ganzes Leben reichte. Von nun an würde er für sich bleiben. Er würde sich in nichts hineinziehen lassen und sich mit keinen Problemen befassen, die nicht seine eigenen waren. Seit dem Tod seines Vaters hatte er sich das praktisch jeden Tag geschworen.

Er machte die Augen zu. Und sofort sah er seinen Vater

vor sich, wie er im Zeitlupentempo fiel und fiel und fiel. Er fiel so langsam, dass es aussah, als würde er nie auf dem Boden landen. Mike riss die Augen wieder auf und schob das Bild mit aller Kraft beiseite.

Das dauerte eine Weile.

Komisch, dass es nach all dieser Zeit immer schwieriger anstatt leichter wurde, das Bild aus seinem Kopf zu tilgen. Sobald er die Augen schloss, war sein Vater da. Das war wie ein billiger Zaubertrick. Und wieder lief in seinem Kopf die Vergangenheit ab.

Dad stieß ihn, stieß ihn beiseite, und Mike stand mit geballten Fäusten da und wünschte sich sehnlichst, er könnte seinen Vater genauso herumstoßen.

Auch jetzt hatte Mike die Fäuste geballt. Langsam, mit großer Mühe, streckte er die schmerzenden Finger.

Wenn er nur damit aufhören könnte, sich dauernd schuldig zu fühlen. Das mit Gemma war nicht seine Schuld. So wie das mit Mum nicht seine Schuld war. Es war nicht seine Schuld. *Es war nicht seine Schuld ...*

19

G E M M A

Die Wahrheit

Sie saßen am Esstisch im Wohnzimmer. Dad hatte den Platz oben am Tisch, und Tarwin und Gemma saßen einander gegenüber an den Seiten. Sie nahmen zusammen das Abendessen ein. Das kam äußerst selten vor, aber fast zehn Minuten lang hatte niemand auch nur ein Wort gesagt. Wenn das Essen nicht sowieso schon unverdaulich gewesen wäre, hätte sicher die Atmosphäre dafür gesorgt.

Gemma tat schon der Arm weh, weil es so schwer war, das viel zu durchgebratene Lammfleisch auf ihrem Teller zu zerschneiden. Endlich ging ein Stück ab. Gemma holte tief Luft und steckte es in den Mund. Es war trocken und hart und zäh. Zum Glück hatte sie gute Zähne, sonst hätte sie sich womöglich welche daran ausgebissen – oder sie zumindest stark abgenutzt!

„Dad, ich muss dir was sagen“, fing Tarwin plötzlich an.

Oh-oh. Bitte sofort zurücktreten, wenn eine Flamme an das blaue Zündpapier gehalten wird! Gemma schaute auf ihren Teller hinunter.

„Ich bin von der Schule abgegangen. Ich hab dort Bescheid gesagt, dass ich nicht mehr wiederkomme“, fuhr Tarwin fort.

Wie von einem Gummiband gezogen fuhr Gemmas Kopf hoch. Sie war auf alles gefasst gewesen, aber damit hatte sie doch nicht gerechnet.

„Du bist *was?*“ Dads Besteck schlug klirrend auf dem Teller auf.

„Ich will mir Arbeit suchen. Ich will ... ich brauche eine eigene Wohnung“, sagte Tarwin. Er sprach trotzig und herausfordernd, aber Gemma hätte schwören können, dass in seinem Tonfall auch eine Spur von Trauer mitschwang. Offenbar war Tarwin mit seiner Entscheidung nicht so ganz glücklich, was Gemma sich beim besten Willen nicht erklären konnte. Sie sah von Tarwin zu ihrem Vater hin. Hatte ihr Dad das auch bemerkt? Sein Gesichtsausdruck ließ jedenfalls nicht darauf schließen. Dad war völlig verblüfft. „Hast du den Verstand verloren?“, fragte er. „Was soll aus deinem Abitur werden?“
„Wenn ich Arbeit und eine eigene Wohnung habe, geh ich in die Abendschule und hol das Abi nach.“ Tarwin leierte das herunter, als hätte er es auswendig gelernt.
„Kommt nicht in Frage. Das lasse ich nicht zu.“ Mit seinem Ausbruch stellte Dad jeden Vulkan in den Schatten.
„Du kannst es nicht verhindern.“
„Solange du die Füße unter meinen Tisch stellst ...“
„Nicht mehr lange“, sagte Tarwin mit großer Befriedigung. „Darum geht es ja gerade.“
„Und das alles nur, damit du von mir wegkommst, ja?“
Gemma las ihrem Vater vom Gesicht ab, wie gekränkt er war; das konnte er nicht verbergen. Bisher hatte sie keinen Ton gesagt und hatte das auch jetzt nicht vor. Sie hatte mit Tarwin nie sehr viel anfangen können, aber dass er ausziehen wollte, war ihr auf den Magen geschlagen und machte sie seltsam atemlos. Sie wollte nicht, dass Tarwin wegging – diese Erkenntnis haute sie fast um. Gemma führte ihre Serviette zum Mund und schob mit der Zunge das Fleisch hinein. Dann knüllte sie die Papierserviette zusammen und legte sie auf den Schoß. Eigentlich müsste sie etwas sagen, auch sie sollte in dieser Angelegenheit mitreden, aber ihr fiel absolut nichts ein, sosehr sie sich auch bemühte.
„Ich versteh nicht, was in letzter Zeit mit dir los ist.“

Dad schüttelte den Kopf. „Was ich auch mache oder sage – es ist immer falsch."
„Haargenau so geht es mir mit dir", stellte Tarwin fest.
„Tarwin, tu das nicht. Das wäre der größte Fehler deines Lebens", sagte Dad. Er sprach so knapp, als hielte er jedes Wort fest im Zaum.
„Es wär ja nicht das erste Mal, dass jemand aus diesem Haus hier einen großen Fehler macht, nicht wahr?", gab Tarwin zurück.
Dads Gesicht wurde kreidebleich. Gemma sah, wie der Adamsapfel an seinem Hals auf und ab hüpfte. Er wirkte plötzlich alt und einsam und sehr müde. Seine Haut sah aus wie Pergament, und seine Augen waren stumpf und erschöpft. Als Gemma ihn so sah, stiegen ihr ganz unerwartet Tränen in die Augen.
„Geht's dir gut, Dad?", fragte sie. Dann fuhr sie ihren Bruder an. „Sieh nur, was du gemacht hast!"
„Kümmer dich um deinen eigenen Kram", fauchte Tarwin.
„Sprich nicht so mit deiner Schwester."
„Wieso nicht? Du machst das doch auch."
„Tarwin, du hast kein Recht, so mit mir zu reden. Ich verlange etwas Respekt."
Jetzt ging es wieder von vorne los.
„Wenn doch nur Mum da wäre", sagte Gemma seufzend.
„Mum war klug genug, nicht hier in diesem Loch zu bleiben", sagte Tarwin bitter. „Sie ist abgehauen, sobald es nur ging, und das kann man ihr nicht zum Vorwurf machen."
Gemma starrte ihn an. „Was redest du denn da? Mum ist tot."
„Quatsch. Das hat dir Dad nur eingeredet, damit du nicht dauernd nach ihr fragst."
„Was?" Gemma fuhr herum und sah ihren Vater an. „Mum *lebt*?"

„Gemma ..."
Sie sprang auf. In ihren Augen flammte eine wilde Glut. Noch nie hatten Tarwin und ihr Vater sie so erlebt.
„Lebt Mum noch?"
Schweigen.
Dad und Tarwin sahen sich an. Tarwin wandte den Blick als Erster ab und sah zerknirscht zu Gemma hinüber.
„Hör mal, Gem, ich hätte das nicht ..."
Aber das wollte Gemma nicht hören.
„Lebt Mum noch?", schrie sie ihren Vater an.
„Gemma, ich ..."
Die erklärenden Worte, die ihr Vater sagen wollte, blieben ihm im Hals stecken, als er ihren Gesichtsausdruck sah. Er nickte langsam. „Ja."
Gemma schwirrte der Kopf. Ihr war zu Mute, als wäre sie in einem Hochhaus mit dem Fahrstuhl bis ganz nach oben gefahren und stürzte plötzlich ohne jede Sicherung in den Keller ab.
„Wo ist sie?"
„Gemma ..."
„Wo ist sie?" Gemma schlug mit der Faust auf den Tisch, dass Teller und Bestecke in die Luft sprangen.
„Ich weiß es nicht. Ich weiß es wirklich nicht – das ist die reine Wahrheit", beteuerte Dad.
„Die Wahrheit? Was weißt du schon von Wahrheit? Die ganze Zeit, *all die Jahre,* hast du mich glauben lassen, meine Mutter wäre tot. Dabei stimmt das gar nicht. Sie ist irgendwo dort draußen und ... und ..." Erst jetzt konnte sie richtig erfassen, was sie soeben erfahren hatte. Es traf sie wie ein Hammerschlag, als ihr die Konsequenzen in aller Klarheit bewusst wurden. „Ich hasse dich. Dass du mich belogen hast, verzeih ich dir nie – niemals."
„Hör doch, Gemma." Ihr Vater stand auf.

Aber Gemma wollte nichts mehr hören. Sie stürzte aus dem Zimmer, konnte es nicht ertragen, in der Nähe ihres Vaters zu sein. Er war ein Lügner - und noch etwas viel Schlimmeres.
Irgendwo da draußen, nah oder fern, in guten oder schlechten Lebensumständen, war ihre Mum. Und sie *lebte.*

20

M I K E

Ein Besuch

Mach schon, Mike. Frag sie. Mach einfach den Mund auf und frag sie. Mehr als Nein können sie nicht sagen. Etwas Schlimmeres kann nicht passieren.

Seit einer Stunde versuchte Mike den Mut aufzubringen, die Frage zu stellen, die ihn schon seit längerem beschäftigte.

„Gramps? Nan? Wann kann ich Mum besuchen?"

Seine Großeltern sahen sich an.

„Ich meine, ich hab sie seit Monaten nicht mehr gesehen", fuhr Mike hastig fort. Nachdem er die Frage jetzt tatsächlich gestellt hatte, fürchtete er sich vor der Antwort.

„Wann würdest du sie denn gern besuchen?", fragte Nan vorsichtig.

„So bald wie möglich", sagte Mike. Sonst fange ich noch an, meine eigenen Lügen zu glauben, fügte er stumm hinzu.

„Ich erkundige mich nach den Formalitäten, die für einen Besuch im Gefängnis erforderlich sind, und dann fahren wir alle zusammen hin."

„Ihr wollt mitkommen?" Mike konnte nicht verhindern, dass sein Tonfall zutiefst erstaunt war.

„Wir werden dich bis zum Gefängnis begleiten. Und wir sind da, wenn du uns brauchst", sagte Nan.

„Aber du kannst ohne uns hineingehen und mit deiner Mutter allein sein", sagte Gramps mit fester Stimme.

„Dein Großvater will damit sagen ...", fing Nan an.

„Ich weiß genau, was er damit sagen will“, fiel Mike ihr ins Wort.
Er wandte den Kopf ab, damit sie sein Gesicht nicht sehen konnten, und versuchte sich nichts daraus zu machen. Gab sich die allergrößte Mühe. Aber das klappte nicht. Er war enttäuscht. Und mehr als das – er war gekränkt.

21

GEMMA

Kontrolle

Gemma sah durchs Fenster zum Nachthimmel hoch. Der Vollmond schien silbern vom Rand einer Wolke herab. Als die Wolke sich vor den Mond schob, wurde sie leichter und heller. Gemma dachte an ihre Mutter. Vielleicht schaute sie jetzt in diesem Augenblick ebenfalls zum Himmel hinauf und betrachtete dieselbe Szene.

Irgendwo da draußen war ihre Mutter. Sie war gar nicht tot – sie *lebte*. Die ganzen Jahre hatte Gemma geglaubt, sie wäre deshalb unsichtbar, weil ihre Mutter gestorben war. Und jetzt erfuhr sie, dass alles eine Lüge war. Den Grund dafür, dass sie keine Freunde fand und mit anderen Leuten nicht reden konnte, hatte sie immer darin gesehen, dass sie in diesem Haus wohnte, wo sie niemanden zum Reden hatte, niemand ihr einen guten Rat gab. Dad und Tarwin waren voll und ganz mit sich beschäftigt – und miteinander. Gemma hatte immer geglaubt, dass alles anders wäre, wenn ihre Mutter noch lebte ... Und jetzt hatte sie erfahren, dass genau das zutraf.

Sie setzte sich im Bett auf. Das Tuch ihrer Mutter war um die Nachttischlampe geschlungen. Wie blöd sie doch war. Der größte Depp im ganzen Universum. Alle logen sie an. Oder ignorierten sie. Sie war nichts. Sie war niemand. Sie war wie Wasser, das den Ausguss hinunterfloss. Sie konnte über nichts bestimmen, hatte nichts unter Kontrolle. Und sie war es so leid, ein Nichts zu

sein. Irgendwie, auf welche Weise auch immer, musste sie das ändern.
Gemma schlug ihr letztes Album auf und betrachtete die Mutter auf dem Foto – eine fröhliche Mutter, die lächelnd ihren Mann umarmte. Gemma blätterte um. Eine Träne fiel auf den Zeitungsausschnitt. Langsam wurde der Tropfen flacher, breitete sich aus und wurde vom Papier aufgesogen. Gemma klappte das Album zu und schmiss es an die Wand.
„Kann ich reinkommen?"
Mit einem Satz war Gemma im Bett, drehte sich auf die Seite und zog die Decke bis zum Kinn hoch. Sie wollte die Lampe ausknipsen, aber als sie den Arm ausstreckte, war es schon zu spät. Die Tür zu ihrem Zimmer ging auf.
„Gemma, kann ich mit dir reden?"
„Ich bin müde, Dad."
„Es geht um deine Mutter."
„Ich bin schon ganz schläfrig. Können wir das ein andermal machen?" Gemma drückte ihr Gesicht ins Kissen.
Sie spürte, wie ihr Bett am Fußende nach unten sank, als ihr Vater sich dort niederließ.
„Ich weiß, ich hätte das nicht tun sollen. Aber du warst erst vier und hast immer nur nach deiner Mutter geweint. Das hörte überhaupt nicht mehr auf, und da dachte ich ..."
Gemma setzte sich auf und funkelte ihren Vater böse an. „Ja?"
„Ich dachte, es wäre leichter, wenn du glaubst, dass sie tot ist. Dann würde es dir nicht jeden Tag aufs Neue das Herz zerreißen, weil du darauf hoffst, dass sie wiederkommt, und immer nur enttäuscht wirst."
„Für wen wäre es leichter? Für dich?"
Ihr Vater seufzte. „Ich habe dabei nicht nur an mich gedacht. Ich weiß, es sieht nicht danach aus, aber ich habe

nicht völlig egoistisch gehandelt. Du warst so unglücklich."

„Ganz anders als in den letzten Jahren, wo ich im siebten Himmel war." Am liebsten hätte Gemma laut geschrien, ihren Vater so lange angeschrien, bis ihm klar wurde, was er getan hatte. „Irgendwo da draußen ist meine Mutter, und ich werde sie finden und ..."

„Und was dann? Gemma, deine Mutter hat uns verlassen – nicht umgekehrt. Sie wollte nicht bei uns bleiben."

„Sie ... sie ..." Gemma wollte widersprechen, aber der Protest erstarb auf ihren Lippen.

„Entschuldige. Das hätte ich nicht sagen sollen. Es kam so viel zusammen." Dad schüttelte den Kopf.

„Und du weißt wirklich nicht, wo sie ist?"

„Nein. Jetzt nicht mehr", sagte er.

„Warum hat sie uns nie besucht?" Gemma sah zu den vielen Alben oben auf ihrem Schrank hinauf. Das war wie ein Hohn.

„Wir sind umgezogen und haben den Kontakt verloren." Dad seufzte. „Das ist alles sehr kompliziert."

„Ich bin nicht dumm. Erklär's mir. Wenn's sein muss, kannst du auch Wörter verwenden, die mehr als eine Silbe haben."

Dad schaute sie an, und es war ihm anzusehen, dass er die passenden Worte suchte. „Gemma, glaub mir, deine Mutter hatte dich lieb. Es lag nur daran, dass deine Mutter und ich ... also, wir konnten nicht mehr zusammenleben."

Aber seine Worte prallten an Gemma ab wie Regenwasser an einem Wellblechdach. Sie konnte ihn hören, seine Worte hallten in ihrem Kopf wider, hatten aber keine Wirkung. Taten sagten mehr als Worte, und es war eine simple Tatsache, dass ihre Mutter nicht nach ihr gesehen hatte. Sie hatte sie nie besucht. Kein einziges Mal.

Und noch nicht mal zu Weihnachten oder zum Geburtstag eine Karte geschickt.
„Hat Mum dich geliebt?"
„Als wir geheiratet haben. Später, als sie ging, dann nicht mehr", gab Dad zu. „Zu diesem Zeitpunkt war eine Trennung das Beste."
„Liebst du sie noch?"
Dad machte ein Gesicht, als wollte er darauf keine Antwort geben. Aber dann sagte er doch etwas. Nur ein einziges Wort, leise geflüstert: „Ja."
Gemma sah ihren Vater an, sah ihn wirklich an. Es war, als sähe sie ihn zum ersten Mal. Dad. Ein einsamer, verbitterter alter Mann. Vor seiner Zeit gealtert, aber dennoch alt. Und es lag an ihm, dass ihre Mum gegangen war. Es lag an ihm, dass sie jetzt nichts mehr hatte. Noch nicht mal eine Illusion, an die sie sich klammern konnte.
„Gute Nacht, Dad." Gemma streckte sich im Bett aus und drehte sich von ihrem Vater weg.
„Gemma, ich habe getan, was ich für das Beste hielt", wiederholte Dad.
„Ich weiß."
„Möchtest du mich noch etwas fragen?"
Gemma wandte ihm den Kopf zu. „Tarwin hat die ganze Zeit über Mum Bescheid gewusst, stimmt's?"
Dad nickte.
„Habt ihr deshalb dauernd Streit – weil er die Wahrheit über Mum weiß?"
Gemma dachte schon, dass Dad ihr keine Antwort geben würde, aber dann seufzte er und nickte.
„Tarwin war ... Tarwin ist deiner Mutter sehr ähnlich."
Dad senkte den Kopf.
„Und ich bin so wie du", sagte Gemma bitter. „Deshalb ist Tarwin dein Liebling."
„Das stimmt nicht", widersprach Dad sofort.

„Doch. In den letzten Jahren hat es für dich nur ein einziges Kind gegeben, und zwar Tarwin. Es war nicht so, als hättest du mich zurückgesetzt und ich wäre an zweiter Stelle gekommen – ich war noch nicht mal im Rennen. In deinen Augen gab es mich gar nicht. Ich war nicht vorhanden."

„Was redest du denn da?", fragte Dad ernst. „Es tut mir Leid, wenn du das Gefühl hattest, dass ich dich vernachlässige, aber das hab ich nie getan. Zumindest wollte ich das nicht. Ich habe nur versucht die Probleme zwischen Tarwin und mir aus der Welt zu schaffen."

„Und was ist mit mir?"

„Mit dir war alles in Ordnung. In deinen Zeugnissen stand immer, dass du gut über die Runden kommst."

„Und das reicht, ja?", sagte Gemma höhnisch. „Wenn in meinem Zeugnis steht, dass ich ordentlich meine Hausaufgaben mache, dann ist auch mein restliches Leben in Ordnung?"

„Wenn etwas falsch gelaufen wäre, hättest du's doch gesagt ..."

Gemma sah ihren Vater fassungslos an.

„Du weißt überhaupt nichts von mir", sagte sie voller Abscheu.

„Das stimmt nicht." Dad schüttelte den Kopf.

„Also gut: Was ist meine Lieblingsfarbe?", fragte Gemma.

Dad sah sie groß an.

„Okay, ich frag dich was Leichteres. Welche Musikgruppe hör ich am liebsten?"

Als Dad nichts sagte und sie nur verwirrt ansah, fuhr Gemma fort. „Keine Ahnung? Wie wär's dann damit: Was ist mein Lieblingseis? Wie heißt mein Lieblingssänger? Meine beste Freundin?"

„Gemma ..."

„Du kannst das alles nicht beantworten, nicht wahr?"

Gemma fing an zu schreien. „Also, zu deiner Information, ich hab keine beste Freundin. Und Schokoladeneis mag ich am liebsten."

„Gemma, bitte. Hör doch ..."

„Würdest du jetzt bitte gehen, Dad? Ich bin sehr müde. Gute Nacht."

Als Dad ihren Gesichtsausdruck sah, blieben ihm die Worte im Hals stecken.

Mit angehaltenem Atem wartete Gemma darauf, dass er etwas sagte, ihr widersprach. Nichts. Sekunden verstrichen. Gemma spitzte die Ohren, als sie ihren Vater durchs Zimmer gehen hörte.

„Kann ich dir etwas bringen?", fragte er müde.

Zu wenig, viel zu spät.

„Nein."

„Gute Nacht, Gemma."

„Gute Nacht."

Gemma wartete, bis die Tür ins Schloss fiel. Erst dann knipste sie ihre Lampe an. Die Silhouetten von Sternen und Mondstrahlen und Regenbogen in ihrem Zimmer ließen sie kalt und unberührt. Sie nahm das Tuch von der Lampe, zog die Nachttischschublade auf und legte das Tuch hinein, schob es ganz nach hinten.

Jetzt war das Zimmer von kaltem, gelbem Licht erfüllt. Gemma sah sich um. So würde ihr Zimmer von jetzt an aussehen. Sie stieg aus dem Bett und hob die Alben auf, die auf dem Fußboden lagen. Dann kletterte sie auf einen Stuhl und legte die Alben auf die Stapel oben auf ihrem Schrank. Als sie damit fertig war, ging sie wieder ins Bett. Bevor sie die Lampe ausmachte, warf sie einen letzten Blick zum Schrank hinauf. Sie wusste, dass es lange dauern würde, bis sie wieder ein Album herunterholte.

22

M I K E

Robyn

„Hallo, Mike."

Mike stieg heiße Röte ins Gesicht, als Robyn Spiner ihn anlächelte. Sie war wirklich umwerfend. Und sie war gescheit. Offenbar schnitt sie bei Klassenarbeiten immer als eine der drei Besten ab. Mike hatte nicht damit gerechnet, dass sie nach seinem ersten Tag je wieder einen Blick für ihn übrig hätte. Und jetzt stand sie an seinem Tisch und redete mit ihm. Er hatte das Gefühl, als müsste er sich vor ihr verneigen und rufen: „Zu viel der Ehre! Zu viel der Ehre!"

„Hallo, Robyn! Wie geht's?" Mike konnte nur hoffen, dass sich seine Stimme normal anhörte. So als wäre es etwas ganz Alltägliches für ihn, sich mit dem hübschesten Mädchen der Klasse zu unterhalten.

„Mir geht's bestens. Das ist für dich." Robyn übergab Mike einen lila Brief. Überrascht riss Mike den Umschlag auf und fing gleich an zu lesen.

„Kannst du kommen?"

„Na klar. Das lass ich mir doch nicht entgehen", gab Mike begeistert zurück. Er wusste, dass er zuerst seine Großeltern fragen sollte, aber das war sowieso eine reine Formsache. Eine Einladung zu Robyns Party! Keine zehn Pferde konnten ihn davon abhalten.

„Schön. Das freut mich." Robyn ging an ihren Platz zurück.

„‚Schön. Das freut mich'", äffte Kane nach und stieß Mike den Ellbogen in die Rippen.

Mike zeigte ihm die Einladung. „Gehst du auch hin?", fragte er.
„Ja, aber mir wurde die Einladung einfach auf den Tisch geknallt", sagte Kane. „Sie wurde nicht persönlich ausgesprochen, und ich hab auch nicht den Augenaufschlag dazugekriegt, den du bekommen hast."
„Du bist ja bloß neidisch", sagte Mike lachend.
„Und ob!"
Innerlich vollführte Mike Luftsprünge und schlug einen doppelten Salto. Das ließ sich ja gut an! Überall zeichneten sich jetzt Lichtblicke ab. Er würde bald seine Mutter besuchen, Gramps und Nan waren als Großeltern gar nicht so übel, und er kam in der Schule klar. Und jetzt das. Es zeichneten sich *wirklich* Lichtblicke ab.

23

GEMMA

Hände weg

„Gib uns von deinen Fritten ab“, bettelte Beth.
„Psst! Sei leise“, zischte Robyn. „Wenn Mrs Brewer uns hier mit Pommes frites erwischt, dreht sie durch.“
„Ich wär sowieso lieber draußen. Wieso willst du hier in dieser blöden Bücherei hocken?“, fragte Beth.
„Weil es draußen saukalt ist. Von wegen Wonnemonat Mai! Das sind eisige Temperaturen. Dir fließt ja vielleicht Frostschutzmittel in den Adern, aber mir nicht!“, sagte Robyn. „Also, seid ihr alle bereit für meine Party am Samstag?“
„Und ob.“
„Na klar.“
„Ich kann's gar nicht mehr erwarten.“
„Dann ist's ja gut.“ Robyn lächelte.
„Wer kommt denn alles?“, fragte Livia.
„Alle“, sagte Robyn zufrieden. „Aber Hände weg von dem Neuen – okay? Der gehört mir.“
„Wer? Michael?“, fragte Livia.
„Hört euch das an! ‚Wer? Michael?‘ Als wüsstest du nicht, von wem ich rede!“, höhnte Robyn. „Mich kannst du nicht hinters Licht führen. Ich hab genau gesehen, wie du ihn von oben bis unten gemustert hast.“
„Ich wollte doch nur wissen, was für Klamotten er trägt“, sagte Livia lachend.
In der Runde erhob sich ungläubiges Gelächter.
„Ich mein's ernst, Leute“, sagte Robyn. „Mike gehört mir. Okay?“

„Wenn zum ersten Mal seit langer Zeit ein interessanter Junge auftaucht – wieso solltest gerade du Anspruch auf ihn haben?“, fragte Beth.
„Weil es meine Party ist.“ Robyn grinste.
„Hast du Mike schon eingeladen?“
„Ja! Und er hat zugesagt. Ich hab euch ja gesagt – es kommen alle.“
„Hast du ein Glück, dass du ausgerechnet jetzt Geburtstag hast, wo der tollste Typ der Schule hier aufgekreuzt ist“, sagte Livia.
„Es war Schicksal“, sagte Robyn mit einem gespielten Seufzer.
„Kommt Gemma auch?“ Beth dämpfte ein klein wenig die Stimme.
„Du machst wohl Witze! Wann hätte sie jemals mehr als fünf Worte am Stück mit mir gesprochen?“
„Außerdem ist sie immer so düster, dass sie auf der Party die Stimmung von einer Beerdigung verbreiten würde“, verkündete Beth.
„Du hast sie also nicht eingeladen?“, fragte Livia.
„Was glaubst du denn?“, gab Robyn zurück. „Soviel ich weiß, hat sie keine Ahnung von der Party.“
„Sie ist schon komisch, meint ihr nicht?“, sagte Livia nachdenklich. „Ich weiß nie, was ich von ihr halten soll.“
„Wer weiß das schon?“, fragte Beth.
Die anderen kicherten, stimmten mit ihr überein.
Gemma klappte ihr Buch zu und sammelte ihre Siebensachen ein. Sie ertrug es nicht, noch mehr zu hören. Nachdem sie alles eingepackt hatte, hängte sie sich ihre Tasche über die Schulter.
Aber wie sollte sie aus der Bücherei kommen, ohne dass die anderen sie sahen? Sie war ganz hinten in der Bücherei. Die anderen saßen an einem Tisch im nächsten Gang. Wenn sie nicht wartete, bis die Mädchen gegangen waren, müssten sie alle die Wand anstarren,

wenn sie an ihnen vorbeiging; sonst gab es keine Möglichkeit, vor ihnen zu verbergen, dass sie jedes Wort gehört hatte. Gemma holte tief Luft und trat aus ihrem Gang heraus.

An Robyns Tisch wurde es schlagartig still. Gemma konnte sich nicht beherrschen. Sie wusste, dass sie nicht hinsehen durfte. Sie wusste, dass sie einfach weitergehen sollte, aber das brachte sie nicht fertig. Sie wandte den Kopf und sah sie an, und ihr Blick wurde zu einer finsteren Grimasse. Robyn, Beth, Livia und Gillian schauten alle zu ihr hin. Und Robyn war die Einzige von ihnen, die etwas verlegen wirkte.

Gemma musste raus hier, damit sie nicht in dem Schweigen ertrank, das sich immer weiter ausbreitete. Sie drehte sich um und ging zur Tür. Erst als sie draußen vor der Bücherei an der Wand lehnte und keuchend nach Luft schnappte, wurde ihr bewusst, dass sie den Atem angehalten hatte.

Sie ging zur Mädchentoilette. Unterwegs wurde sie immer schneller, bis sie schließlich rannte. In der hintersten Kabine, so weit wie möglich von der Tür entfernt, schloss sie sich ein. Dann saß sie auf dem Klodeckel und barg den Kopf in den Händen. In ihrer Brust war ein Schmerz, der kaum zu ertragen war. Gemma atmete tief durch und versuchte mit aller Macht, wieder ruhiger zu werden, aber nichts funktionierte.

Robyn und die anderen hielten sich alle für so schlau. Und sie alle fanden, dass Gemma ein Nichts war, ohne Gefühle, die man verletzen konnte, und ohne Verstand, sodass sie nichts von dem begriff, was um sie herum vorging. Selbst wenn Gemma nicht hinter ihnen gesessen und jedes Wort gehört hätte – glaubten sie wirklich, dass sie von Robyns Party nichts erfahren würde? Oder vielleicht nahmen sie einfach an, dass ihr das egal wäre. Aber es war ihr nicht egal – es machte ihr etwas aus.

Sehr viel sogar. Gemma wäre gekommen, wenn Robyn sie eingeladen hätte. Sie hätte ihren rechten Arm dafür gegeben. Aber man hatte sie nicht eingeladen, und die ganze Klasse wusste davon. Selbst Mike hatte eine Einladung bekommen. Das schmerzte mehr als alles andere.

Gemma legte den Kopf in den Nacken und schloss die Augen. Wenn sie nur jemanden hätte, mit dem sie reden könnte! Jemand, der ihr dabei half, den Schmerz in ihrer Brust zu lindern. Sie machte die Augen wieder auf und richtete den Blick geradeaus. Es wurde Zeit, dass sie mit ihrem Selbstmitleid aufhörte. Es wurde Zeit, dass sie die Dinge in den Griff bekam. Sie hatte niemanden zum Reden – aber es gab jemanden, dem sie etwas sagen konnte.

Sie stand auf und verließ die Kabine. Jetzt würde sie keine Zeit mehr vergeuden, und sie würde auch nicht innehalten um darüber nachzudenken, was sie tat. Sie hatte etwas zu erledigen – und nichts und niemand würde sie davon abhalten.

24

M I K E

Kontrolle

„Mike, kann ich mal mit dir reden?"
O nein! Was wollte sie jetzt wieder? Wieso konnte dieses Mädchen ihn nicht in Ruhe lassen?
„Ich hab gerade keine Zeit."
„Es dauert nicht lang."
„Ja, aber ich hab zu tun."
„Mike, willst du Fußball spielen oder einen Plausch abhalten?", rief Kane ungeduldig.
„Es ist wichtig", betonte Gemma und legte Mike die Hand auf den Arm um ihn zurückzuhalten.
„Mike ...?" Kane war kurz davor, Zustände zu kriegen.
„Ist ja gut! Augenblick noch!", rief Mike. Er warf Kane den Ball zu und wandte sich wieder zu Gemma um. Dabei wusste er selbst nicht so recht, wen er eben angeschrien hatte - Kane oder Gemma. „Was gibt's denn?"
„Du bist am Samstag auf Robyns Party eingeladen?"
„Ja. Na und? Gehst du auch hin?"
„Nein", sagte Gemma. „Ich kann am Samstag nicht."
Wieso fragte sie ihn nach der Party? Mike wartete darauf, dass Gemma weitersprach. Sie schaute zu Boden und ließ den Blick dann über den Schulhof schweifen. Mike sah sie an, und plötzlich begann alles andere um ihn herum zu verschwinden. Er wusste, dass jetzt etwas kam, was ihm nicht gefallen würde.
„Das wird bestimmt eine tolle Party werden", sagte er. Das sagte er nur um das Schweigen zu durchbrechen. Er sprach, um Gemma am Sprechen zu hindern. Es gefiel

ihm nicht, wie sie ihn ansah – so hasserfüllt. Was hatte er ihr getan?
„Also, ich sollte jetzt wohl wieder Fußball spielen." Mike wandte sich ab und wollte zu seinen Freunden zurück.
„Ich will aber nicht, dass du gehst."
Er drehte sich zu ihr um und runzelte die Stirn. „Kane wartet auf mich. Ich bin der Torwart."
Gemma holte tief Luft. „Du solltest dort nicht hingehen – auf Robyns Party."
„Warum nicht?"
Schweigen.
„Warum nicht?", fragte Mike noch mal.
„Deine Mutter ist im Gefängnis", sagte Gemma leise. „Ich glaube nicht, dass Robyn den Sohn eines Knackis im Haus haben will."
Mike war wie erstarrt. Wenn ein Windstoß kam, nur ein ganz leichter Hauch, würde sein Körper in tausend Stücke zerschellen – in eine Million Stücke.
„Ich möchte Robyn nichts von deiner Mutter sagen, aber ich würde es tun – wenn du mich dazu zwingst. Sag ihr noch heute, dass du nicht zu ihrer Party kommen kannst, oder ich sage ihr, warum sie ihre Einladung besser zurücknehmen sollte."
In ihrem Schweigen tat sich eine Kluft auf, die größer war als der Grand Canyon. Mike suchte nach Worten, aber sein Kopf war wie leer gefegt. Er konnte nicht denken, konnte nichts fühlen. Immer wieder redete er sich ein, dass er sich verhört hatte, dass irgendein Irrtum vorlag und Gemma ihm gar nicht wirklich gedroht hatte. Aber ihr harter Gesichtsausdruck ließ keinen Zweifel daran, dass er sie richtig verstanden hatte.
„Sag ihr, dass du nicht kommst", wiederholte Gemma.
Und damit wandte sie sich ab und ging davon. Mike blieb allein zurück und starrte ihr hinterher.

25

GEMMA

Ich kann nicht kommen

„Äh, Robyn ... Vielen Dank für die Einladung, aber mir ist gerade eingefallen ...“

Gemma tauchte unter ihren Tisch, bückte sich nach ihrer Tasche.

„Ich kann nicht kommen. Am Samstag muss ich mit meinen Großeltern weg“, fuhr Mike fort. „Tut mir Leid, das hatte ich total vergessen.“

„Du kannst nicht kommen?“, sagte Robyn entsetzt. „Aber ich habe fest damit gerechnet, dass du dabei bist.“

„Tut mir Leid“, murmelte Mike.

„Wo willst du am Samstag denn hin?“, fragte Robyn. Die Enttäuschung stand ihr ins Gesicht geschrieben.

„Weg. Meine Großeltern fahren mit mir ... fahren mit mir ... weg“, führte Mike den Satz zu Ende und merkte selbst, wie schwach das klang.

„Ich hab doch nur einmal im Jahr Geburtstag. Kannst du sie nicht bitten, ein andermal mit dir wegzufahren?“

„Glaub mir, das würde ich nur allzu gerne tun“, sagte Mike mit wackeliger Stimme. „Aber es geht nicht.“

Gemma war mit ihrer Tasche fertig und richtete sich wieder auf. Mike sah zu ihr hin. Nicht zu Robyn – zu *ihr*. Brennende Röte stieg Gemma ins Gesicht und breitete sich immer weiter aus. Sie würde nicht als Erste wegsehen. Sie nicht. Und sie würde auch kein schlechtes Gewissen bekommen. Dieser bohrende Schmerz in ihrem Magen würde bald wieder vergehen und die Übelkeit auch. Und wenn sie die Hände oft genug an ihrem Rock abwischte, würden sich ihre Handflächen nicht mehr so feuchtkalt anfühlen. Und diese schreckliche Stimme in ihrem Kopf, die nicht lockerließ und ihr unablässig sagte, dass sie etwas ganz, ganz Böses machte, würde einfach verschwinden, wenn sie lange genug nicht auf sie hörte.

In Wirklichkeit half sie Mike ja, nur war er zu blöd um das zu bemerken. Was würde passieren, wenn Robyn und Kate und die anderen das mit ihm und seiner Mutter erfuhren? Das würde er nicht wollen. Und Gemma wollte es auch nicht.

Du machst das nicht aus Neid, redete sie sich ein. Das war absolut nicht der Grund, ganz egal, was die Stimme in ihrem Kopf sagte. Sie meinte es nur gut mit Mike. Eines Tages würde er ihr dafür danken.

Jetzt nicht.

Aber eines Tages.

26

MIKE

Nach Hause

Mit gesenktem Kopf, tief in Gedanken versunken, ging Mike nach Hause. Ihm schwirrte schon der Kopf, aber er kam trotz aller Mühe nicht dahinter, was eigentlich los war. Warum war Gemma so dagegen, dass er auf Robyns Party ging? Sie hatte gesagt, dass Robyn nicht den Sohn eines – welchen Ausdruck hatte sie doch gleich verwendet? – eines Knackis in ihrem Haus haben wollte. Knacki. So ein blödes Wort. Ein ekelhaftes, blödes Wort.

Aber nur Gemma wusste über seine Mutter Bescheid. Wenn sie nichts sagte, würde niemand sonst davon erfahren. Warum beharrte sie so darauf, dass sie allen von seiner Mutter erzählen würde, wenn er die Einladung nicht ablehnte? Und, schlimmer noch, warum hatte er nachgegeben und ihre Forderung erfüllt? Gemma hatte ihm gesagt, dass er nicht auf die Party gehen sollte. Und er hatte widerspruchslos gehorcht. Was war nur los mit ihm? Was wäre denn schon dabei, wenn Robyn von seiner Mutter erfuhr? Wenn die ganze Schule davon wusste?

Mike verlangsamte sein Tempo. Wem wollte er etwas vormachen? Es wäre schrecklich für ihn, wenn die anderen über ihn und seine Mutter Bescheid wüssten. Und als er sich das eingestand, kam er sich wie der letzte Dreck vor. Seine Mutter hatte nichts Böses getan. Weder er noch seine Mutter hatten irgendetwas getan, wofür sie sich schämen müssten.

Wieso sitzt deine Mutter dann im Gefängnis, und warum lebst du bei deinen Großeltern?
Dieser Gedanke setzte sich in ihm fest, ohne dass er etwas dagegen tun konnte. Mit aller Macht versuchte Mike, ihn wieder aus dem Kopf zu bekommen. Er ballte die Fäuste und sprach immer wieder vor sich hin: „Mum hat nichts Böses getan. Mum hat nichts Böses getan.“
Aber jedes Mal, wenn er diese Worte murmelte, wurde ihm nur noch elender zu Mute. Er bog in die Straße ein, in der er jetzt wohnte. Mit einem Blick auf die Uhr stellte er fest, dass er sich verspätet hatte. Gramps und Nan hatten ihn schon vor über einer Stunde erwartet. Welche Ausrede konnte er vorbringen?
„Ich war länger in der Schule, weil ich mich für die Theateraufführung gemeldet habe.“
„Ich war länger in der Schule, weil ich noch für den Sportwettbewerb geübt habe.“
Oder die Wahrheit.
„Ich hab mich im Park auf eine Bank gesetzt und versucht, mein Leben auseinander zu klamüsern. Ich habe dort gesessen und nachgedacht, bis mir schwindelig wurde und der Schädel dröhnte und ich furchtbare Kopfschmerzen bekam, und das alles hat zu nichts geführt.“
Wie sie die Wahrheit wohl aufnehmen würden? Mike fragte sich, wie die gesamte Welt die Wahrheit aufnehmen würde, die ganze Wahrheit und nichts als die Wahrheit. Er wusste nur, dass die Wahrheit ihn wie eine starke Säure verätzte, und er war sich nicht sicher, wie viel er noch aushalten konnte. Mum war im Gefängnis – und er war schuld daran. Mit jedem Tag, der verstrich, ließ sich das immer schwerer ertragen.
Er war seiner Mutter gegenüber feige, und genauso feige war er auch Gemma gegenüber. Eine absolute, hundertprozentige Memme ohne jedes Rückgrat.

27

GEMMA

Ausbruch

Gemma klopfte zweimal an, bevor sie die Tür zum Zimmer ihres Bruders aufmachte. Er saß am Tisch und schrieb etwas auf ein Blatt Papier. Als die Tür aufging, drehte er das Blatt sofort um und legte schützend die Hände darüber.

„Tarwin, kann ich mit dir reden?“ Gemma blieb in der Tür stehen und wartete auf die Antwort ihres Bruders.

„Was ist denn los?“, fragte Tarwin.

Gemma nahm das als Aufforderung zu ihm hereinzukommen. Sorgfältig zog sie die Tür hinter sich ins Schloss und sah sich um. Sie war schon lange nicht mehr in seinem Zimmer gewesen. Es hatte sich nicht sehr verändert. In sämtlichen Ecken lagen Kleidungsstücke herum. Das breite Bett war übersät mit Büchern, Zeitschriften und Comics von Superhelden. Auf einem Pappteller lag etwas, was vermutlich mal eine Pizza gewesen war. Nur die Wände waren anders. Alle Poster waren abgehängt worden. Gemma machte große Augen. Sie konnte sich nicht daran erinnern, die Wände in Tarwins Zimmer jemals ohne Poster gesehen zu haben. Poster von schnellen Motorrädern, schnellen Autos, schnellen Flugzeugen, schnellen Raketen.

„Warum hast du die Poster abgenommen?“, fragte Gemma.

Tarwin zuckte mit den Schultern. „Für so was bin ich schon zu alt.“

„Du bist doch erst siebzehn.“

„In ein paar Monaten werd ich achtzehn."
Gemma nickte und sah sich weiter um. Ohne die Poster wirkte Tarwins Zimmer seltsam leer. Sie hatte noch nie zuvor darüber nachgedacht, aber jetzt kam ihr in den Sinn, dass Tarwins Poster vielleicht demselben Zweck dienten wie ihre Alben. Wenn es allzu schlimm wurde, konnte er sich in seine Poster versenken, und schon war er in einer anderen Welt. Ob Tarwin jemals von etwas anderem träumte als davon, hier wegzukommen?
„Also, was willst du?", fragte Tarwin kurz angebunden.
„Weißt du, wo Mum ist?"
Tarwin legte den Stift hin und schwenkte mit seinem Stuhl zu ihr herum.
„Nein, das weiß ich nicht. Ich wär froh, wenn ich's wüsste."
Gemma ließ den Blick umherschweifen, scharrte mit den Füßen über den Teppich. Sie wollte sich damit nicht zufrieden geben. „Warum hast du mir nicht gesagt, dass Mum ... dass sie gar nicht tot ist?"
Tarwin seufzte. „Ich wollte es dir sagen, schon oft. Aber Dad meinte, das sollte von ihm kommen – und in diesem einen Punkt war ich mit ihm einer Meinung. Es tut mir wirklich sehr Leid, dass du die Wahrheit auf diese Weise erfahren hast. Ich hätte nicht so damit herausplatzen dürfen. Das war total daneben."
„Du hättest es mir schon viel früher sagen müssen. Ich weiß, in letzter Zeit haben wir nicht mehr viel geredet, aber du hättest nicht darauf warten dürfen, dass Dad es mir sagt. Ich an deiner Stelle hätte es dir gesagt."
„Ja? Wirklich?"
„Natürlich."
„Das bezweifle ich." Tarwins Lächeln sah traurig aus. „Gemma, eines Tages wirst du merken, dass man im Leben nicht einfach nur die Teile ausschneiden kann, die einem gefallen und die man behalten will, und alles an-

dere ignoriert man, als wäre es gar nicht vorhanden. Das Leben ist komplizierter als das."
Bei der Vorstellung, dass Tarwin von ihrem ... ihrem Hobby wusste, stieg Gemma die Röte ins Gesicht.
„Sei nicht so herablassend. Das weiß ich selbst." Sie zog ein finsteres Gesicht.
„Manchmal bin ich mir da nicht so sicher."
Gemma kniff misstrauisch die Augen zusammen. „Hast du dir meine Alben angesehen?"
Tarwin sah weg, wich Gemmas Blick aus. Nur einen kurzen Moment, aber das reichte.
„Du hattest kein Recht dazu, meine persönlichen Sachen zu durchwühlen. Du würdest Zustände kriegen, wenn ich das mit dir machen würde!", tobte Gemma.
„Also, du musst zugeben, dass es schon ziemlich seltsam ist, Bilder von allen möglichen Frauen auszuschneiden. Du kennst sie doch gar nicht!"
„Darum geht es nicht. Und das ist auch nicht seltsam", sagte sie. „Du sammelst Comics, ich sammle Artikel."
Tarwin zuckte mit den Schultern. „Wenn du meinst."
Gemma sah Tarwin böse an. Er fing an zu grinsen. Um das Thema zu wechseln sah sie zum Tisch hin. „Was hast du denn so eifrig geschrieben, als ich hereinkam?"
Sofort drehte sich Tarwin wieder um und deckte das Blatt mit der Hand zu. „Das geht dich nichts an."
Gemma betrachtete ihren Bruder genauer. Er wirkte verlegen, peinlich berührt. Das konnte nur eins bedeuten.
„Hast du eine Freundin?", fragte Gemma.
„Nein ... natürlich nicht ... nein, ich ... red doch nicht so einen Quatsch ..." Tarwin verhaspelte sich und bekam einen knallroten Kopf.
„Du hast eine!" Gemma lächelte. „Hab ich's mir doch gedacht. In den letzten Monaten hast du nach Rasierwasser gestunken, und die Anti-Pickel-Creme im Bad gehört nicht Dad und mir schon gar nicht."

„Also gut, ich habe eine Freundin – na und?"
„Du hast eine Freundin. Ich kann's nicht fassen! Wie ist sie denn so?"
„Sie ist ... sie ist ..." Tarwins Gesicht wurde hart. „Das geht dich nichts an."
„Ich hab doch nur gefragt. Deshalb brauchst du mir nicht gleich den Kopf abzureißen. Wie heißt sie?"
„Monique. Und mehr sag ich dir nicht."
„Lieber Himmel! Ich wollte doch nur ..." Gemma brach unvermittelt ab. Was wollte sie nur? Ihren Bruder kennen lernen. Schlagartig wurde Gemma klar, dass der Vorwurf, den sie ihrem Vater gemacht hatte, hier genauso zutraf. Sie hatte keine Ahnung von Tarwin.
„Wo bist du Monique begegnet?"
„Auf einer Party. Nächste Frage?"
„Warum hast du sie nie mit nach Hause gebracht?"
Gemma musste lächeln, als Tarwin statt einer Antwort nur die Augenbrauen hochzog. „Du hast Recht, das war eine blöde Frage. Also, habt ihr eine ernsthafte Beziehung, oder was?"
Tarwin war sofort auf der Hut. „Das würde ich schon so sehen – ja."
Plötzlich fiel Gemma etwas ein. „Hast du es deshalb so eilig, dir einen Job zu suchen und in eine eigene Wohnung zu ziehen? Damit ihr zusammen sein könnt?"
Tarwins bestürzter, verblüffter Gesichtsausdruck war Antwort genug.
„Ach, jetzt kapier ich", sagte Gemma. „Monique geht auch von der Schule ab?"
„Sie hatte es vor, aber jetzt macht sie's doch nicht", gab Tarwin vorsichtig zurück.
„Und du? Gehst du jetzt noch ab?"
„Das weiß ich nicht. Ich zieh's immer noch in Betracht, aber jetzt besteht keine Eile mehr." Tarwin zuckte mit den Schultern.

Und jetzt fiel der Groschen, und wie!

„War's vorher denn eilig?“, fragte Gemma beiläufig.

Tarwin klappte sofort den Mund zu und presste die Lippen fest aufeinander.

„War sie schwanger?“, fragte Gemma.

Zuerst sah es so aus, als würde Tarwin nicht darauf antworten. Doch dann sagte er: „Eine Zeit lang haben wir geglaubt, es könnte so sein. Aber dann stellte sich heraus, dass sie doch nicht schwanger ist.“

Schweigen. Gemma wusste nicht so recht, was sie sagen sollte. „Da wart ihr bestimmt sehr erleichtert“, sagte sie schließlich.

„Nein. Eigentlich nicht“, sagte Tarwin leise. „Ich jedenfalls nicht.“

„Tut mir Leid. Das ist wirklich schade. Ich wäre gern Tante geworden.“ Gemma lächelte, und Tarwin erwiderte das Lächeln. Das war seit langer, langer Zeit das erste richtige Gespräch mit ihrem Bruder – und Gemma war glücklich darüber. „Werd ich sie mal kennen lernen?“

„Irgendwann mal“, sagte Tarwin ausweichend.

„Vielleicht könnten wir zusammen essen gehen“, schlug Gemma vor.

„Ich soll ein Kind wie dich mitschleppen? Du bist ja bescheuert“, höhnte Tarwin.

Gemma funkelte ihn böse an. „Vielen Dank. Was findet diese Monique nur an dir? Sie muss ganz schön verzweifelt sein. Oder kann sie nicht richtig sehen?“

Tarwin stand auf. „Gemma, hau ab.“

Mach das nicht kaputt, Gemma. Führ dich nicht so auf. Halt die Klappe.

Aber ihr Mund ignorierte die Botschaften, die das Gehirn ihm sandte. „Es dauert bestimmt nicht mehr lange!“

„Was dauert nicht mehr lange?“ Tarwin runzelte die Stirn.

„Bis Monique begreift, dass sie sich nur blamiert, wenn sie mit so einer Niete herumzieht. Und dann lässt sie dich so schnell fallen, dass du mit einem Riesenplumps auf dem Boden der Tatsachen landest und für immer eine Birnenform behältst!“ Gemma stieß ein gezwungenes Lachen aus.

Tarwin trat einen Schritt vor. Gemma wich einen Schritt zurück.

„Raus! Aber schnell!“, brüllte Tarwin.

Gemma rannte aus dem Zimmer. Ihr Grinsen verschwand, als sie die Tür ins Schloss zog. Was war das nur mit ihr? Warum stieß sie jeden, dem sie nahe sein wollte, sofort zurück, sobald sie den Mund aufmachte? Wie kam es, dass jedes Mal, wenn sie den Mund aufmachte, etwas Dummes herauskam? Konnte sie denn nichts anderes tun als boshaft sein?

Entschlossen wandte sie sich um und machte die Tür wieder auf. „Entschuldige, Tarwin. Das war nicht so gemeint. Ich war einfach nur fies.“

Tarwin schrieb weiter, ohne sich auch nur nach ihr umzudrehen. „Gemma, ich hab dir gesagt, du sollst verschwinden.“

„Ich hab mich doch entschuldigt“, versuchte Gemma es noch einmal. „Und ich sag's nicht weiter – versprochen.“

Jetzt wandte Tarwin sich zu ihr um, mit einem Gesicht, das so kalt wie Eis war. „Und ich sag dir, du sollst beim Rausgehen nicht mit der Tür knallen.“

Gemma ging und machte die Tür leise zu, wie sie angewiesen worden war. Sie lehnte sich dagegen und stellte sich die Frage, die sie sich schon so oft gestellt hatte: Was war nur los mit ihr?

28

M I K E

Träumen

Lautes Schreien. Mikes Vater schrie. Sein Gesicht war wutverzerrt. Mike sah, wie sein Vater die Fäuste ballte. Er wusste, was als Nächstes passieren würde. Mit ausgestreckten Armen trat Mike vor. Und dann gingen ohne jede Vorwarnung alle Knallkörper im Haus los, und Mike konnte nur dastehen und zuschauen, wie die Raketen durch die Luft flogen. Er zog den Kopf ein und sprang herum und suchte Deckung, aber die Raketen waren überall. Dann sauste eine Rakete direkt auf ihn zu, und Mike wusste, dass er ihr nicht mehr ausweichen konnte. Sie würde ihn treffen und *explodieren.*

In Todesangst fuhr er hoch. Dann saß er aufrecht im dunklen Zimmer und spürte, wie ihm Schweißtropfen in die Augen liefen. Er wischte sich die Stirn ab und wartete darauf, dass seine Lunge sich wieder mit Luft füllte. Licht machen hatte keinen Zweck; das würde auch nichts bringen. Außerdem hatte Nan Ohren wie ein Luchs. Wenn er durchs Zimmer ging und Licht anknipste, würde sie das garantiert hören. Und ehe er wieder im Bett war, würde sie auf der Matte stehen und ihn fragen, ob alles in Ordnung wäre. Als ob jemals wieder etwas in Ordnung sein könnte.

Mike legte sich wieder hin und starrte in die Dunkelheit. Seine Gedanken schweiften zu seiner Mutter. Was sie jetzt wohl machte? Schlief sie oder war sie wach? Dachte sie an ihn oder an seinen Vater?

Und nach allem, was Mike ihr angetan hatte – wen

hasste sie mehr? Mit einem leisen Stöhnen drehte sich Mike auf die Seite.
„Es tut mir so Leid, Mum. Es tut mir so Leid." Er formte die Worte, sprach sie lautlos ins Dunkel hinein.
Sein Leben bestand aus lauter Geheimnissen. Und Lügen. Aber nicht er musste für die Lügen büßen, sondern seine Mutter. Und das Schlimmste daran war, dass er es zuließ.

29

GEMMA

Samstagabend

Gemma war allein im Haus. Dad war ausgegangen. Und Tarwin auch. Darüber sollte sie sich eigentlich freuen. Sie sollte total begeistert sein. Ihr stand das ganze Haus zur Verfügung. Aber Gemma kam sich wie eine Erbse vor, die ganz allein in einer Blechdose herumklappert. Ständig musste sie an Robyn und ihre Party denken. Dort waren sie jetzt alle - die anderen aus der Klasse - und vergnügten sich. Tolle Musik, großartiges Essen und pausenlos Gelächter. Gemma musste nur die Augen schließen, dann war sie dort. Aber wenn sie die Augen wieder aufmachte, war sie jedes Mal ganz allein in ihrem dunklen, öden Haus. Die Stille ringsumher schien sie verhöhnen zu wollen. Es war schrecklich.

Schließlich hielt Gemma es nicht mehr aus. Sie schnappte sich ihre Jacke und stürmte aus dem Haus. Erst am Gartentor verlangsamte sie ihr Tempo.

Sie wusste nicht, wo sie hinsollte.

Gemma fischte den Hausschlüssel aus ihrer Tasche, machte langsam kehrt und ging wieder hinein. Die ganze Klasse war bei Robyn. Alle außer ihr - und Mike. Und wenn sie nichts unternommen hätte, wäre auch Mike dort. Kaum war er fünf Minuten an der Schule, gehörte er auch schon dazu. Robyn wollte ihn auf ihrer Party dabeihaben. Niemand wollte Gemma haben. Sie zog sich die Jacke aus und hängte sie wieder an den Haken.

Wenigstens zwei Leute aus ihrer Klasse waren nicht auf

Robyns Party – der beliebteste Junge und das unbeliebteste Mädchen. Na bitte! Dann hatten sie und Mike doch etwas gemein. Bei ihnen beiden tauchte das Wort „beliebt“ auf, wenn man sie beschrieb.
Je mehr sie an Mike dachte, desto größer wurde der Klumpen in ihrem Magen. Das war nicht richtig. Es war einfach nicht *gerecht*. Warum war er so beliebt? Warum wurde sie so verachtet? Sie hatte nichts gesagt und nichts getan, womit sie es verdient hätte, so behandelt zu werden. Das war alles Mikes Schuld. Als Neuer hätte er für sie eintreten können, wenn er nur gewollt hätte. Er hatte ihr von seiner Mutter erzählt – nur ihr und sonst keinem. Warum hatte er das getan, wenn er doch kein Vertrauen zu ihr hatte? Warum hatte er ihr von seinen Gefühlen erzählt, wenn sie ein Nichts war? Und wenn Mike es wert war, auf eine Party eingeladen zu werden – warum nicht auch sie?
Nun ja, er war nicht auf der Party, und das lag an ihr. Wenigstens für Mike war Gemma nicht unsichtbar. Und das sollte auch so bleiben; dafür würde sie schon sorgen.

30

MIKE

Nicht so viel

Als es zur Mittagspause läutete, sprang die ganze Klasse blitzartig auf. Es wurde geredet und gelacht, Stühle scharrten über den Boden, und schwere Taschen landeten mit einem lauten Knall auf den Tischen.
„He ... *Habe ich gesagt, dass ich fertig bin?*", rief Mr Butterworth so laut, dass seine Stimme den Lärm übertönte.
Die Klasse kam zur Ruhe.
„Recht herzlichen Dank", sagte Mr Butterworth spöttisch. „Ich habe ganz vergessen, euch Hausaufgaben zu geben."
Daraufhin ertönte ein kollektives Stöhnen, aber Mr Butterworth lächelte nur. „Ja, ich weiß. Und wenn ihr sie nicht macht, wird euch das sehr viel mehr wehtun als mir. Die Aufgaben siebenundvierzig und achtundvierzig aus eurem Arbeitsbuch - und keine Ausreden."
Mr Butterworth verließ die Klasse als Erster, dicht gefolgt von sämtlichen Schülern. Der Lärm ergoss sich aus der Klasse wie Wasser, das aus einer Flasche fließt.
„Mike, kannst du mir fünf Pfund leihen?"
Die Worte wurden so leise gesprochen, dass Mike schon fast glaubte, er hätte sie sich nur eingebildet. Er wandte den Kopf. Gemma stand hinter ihm und musterte ihn mit konzentriertem Blick. Sie waren die Letzten. Alle anderen drängten bereits zur Tür hinaus.
„Wie bitte?"
„Kannst du mir ... kann ich bitte fünf Pfund haben?"

„Du schuldest mir noch das Geld, das ich dir letzte Woche geliehen habe“, erinnerte Mike sie.
„Ich hab kein Geld. Deshalb möchte ich mir ja noch etwas mehr leihen. Ich weiß doch, dass du's dir leisten kannst. Fünf Pfund sind doch nicht so viel.“
Mike sah zu Boden, als rechnete er damit, dass sich dort Untertitel entlangzogen, denen er entnehmen konnte, was hier los war. Es ging etwas Merkwürdiges vor sich. Das stand Gemma deutlich ins Gesicht geschrieben, aber aus irgendwelchen Gründen konnte er es doch nicht richtig lesen.
„Wozu brauchst du das Geld?“, fragte Mike.
„Das hab ich noch nicht entschieden“, gab Gemma zurück.
Mike runzelte die Stirn. Was um alles in der Welt ... ? Dann griffen die Räder in seinem Gehirn ineinander und setzten sich in Bewegung. Jetzt hatte er verstanden.
„Ich habe keine fünf Pfund“, sagte er, wollte seinen eigenen Ohren und Augen immer noch nicht trauen.
„Doch“, widersprach Gemma. „Du gehst heute Abend mit Kane und Patrick ins Kino. Ich hab gehört, wie ihr euch darüber unterhalten habt. Und ich knöpfe dir auch nicht dein ganzes Geld ab. Ich möchte nur fünf Pfund. Die brauche ich.“
Mikes ganzer Körper verkrampfte sich. „Von mir kriegst du sie nicht.“
Gemma sah ihm in die Augen und fragte: „Was würden wohl Kane und Patrick dazu sagen, wenn sie erfahren, dass die Mutter ihres neuen Freundes im Knast ist? Sie sitzt wegen Totschlags dort, aber du und ich – wir wissen über dich Bescheid, nicht wahr, Mike? Wir wissen den *wahren* Grund, warum du nicht willst, dass jemand davon erfährt.“
Das Klassenzimmer begann sich wie ein Kreisel zu drehen, auf und ab und rundherum, bis Mike das Gefühl

hatte, vom Rand der Welt zu stürzen. Und die Welt um ihn herum wurde immer dunkler, wie ein Kaleidoskop, dessen Bilder auseinander fielen. In diesem Augenblick wurde Mike klar, dass er das Bewusstsein verlieren würde, wenn er nicht etwas unternahm, und zwar schnell.

Er *durfte* nicht ohnmächtig werden. Nicht hier. Nicht jetzt. Nicht vor *ihr*. Er schloss kurz die Augen, um tief und konzentriert durchzuatmen. Als er die Augen wieder aufmachte, war Gemma immer noch da.

„Was würden die anderen in der Klasse – nein, in der ganzen Schule – wohl sagen, wenn sie die Wahrheit wüssten?“, machte sie weiter.

„Und du würdest es ihnen sagen.“ Mike wusste selbst nicht, ob das eine Feststellung oder eine Frage war. Ihre Antwort bestand in einem Lächeln. Eins von Gemmas geheimen Lächeln.

„Das mit deiner Mutter ist wirklich ein Jammer.“ Gemma schüttelte bedauernd den Kopf. „Ich glaube nicht, dass die anderen das so gut verstehen würden wie ich.“

Das Schwindelgefühl in Mikes Kopf verschwand und machte einem anderen, sehr viel mächtigeren Gefühl Platz. Mit geballten Fäusten stand er vor Gemma, und die Augen, mit denen er sie ansah, waren wie Stein. Wortlos holte er fünf Pfund aus der Hosentasche und hielt ihr das Geld hin. Gemma nahm es ohne hinzusehen, ohne ihn dabei zu berühren.

„Danke“, sagte sie.

Gleich darauf verließ sie die Klasse und verschwand.

31

GEMMA

Geld

Gemma fragte sich, ob sie je wieder aufhören würde zu erbrechen. Die Übelkeit war nicht nur im Magen. Jede Zelle in ihrem Körper revoltierte gegen das, was sie gerade getan hatte.

Nachdem sie die Spülung betätigt hatte, klappte Gemma den Klodeckel herunter und setzte sich darauf. Sie war in der letzten Kabine der Mädchentoilette, und sie wollte nie wieder hervorkommen. Was hatte sie getan? Sie fuhr sich mit dem Handrücken über den Mund. Erst jetzt merkte sie, dass sie immer noch Mikes Geld in der Hand hielt.

Es gehörte ihr nicht. Es würde ihr niemals gehören. Sie wollte es nicht haben. Gemma warf es an die Toilettentür. Dort prallte es ab und landete vor ihren Füßen auf dem Boden. Voller Hass schaute Gemma darauf hinab.

Die ganze Nacht hatte sie wach gelegen, hatte über ihre Familie nachgedacht und sie mit Mikes Familie verglichen. Er hatte eine Mutter, die ihn liebte. Sie nicht. Er hatte Großeltern, die ihn aufnahmen, als er kein Zuhause mehr hatte. Wenn Gemma kein Zuhause mehr hätte – wer würde sie aufnehmen? Mike hatte Freunde. Sie nicht. Er gehörte bereits dazu. Sie hatte nie dazugehört. Sie hatte die ganze Nacht an ihn gedacht, und wenn sie ehrlich war, dann musste sie zugeben, dass sie ihn beneidete. Obwohl seine Mutter im Gefängnis war, hatte er alles, was sie nicht hatte. Und so hatte sie am Morgen beschlossen, dass sie sich etwas von ihm nehmen würde. Aber jetzt, nachdem sie das getan hatte, fühlte sie sich so elend wie nie zuvor. Okay, sie hatte Mike gesagt ... ihm *befohlen*, nicht auf Robyns Party zu gehen, aber das war nur ... Das war etwas anderes. Ja, es war entsetzlich boshaft, aber verglichen mit dieser Sache hier ... Sie versuchte sich ganz genau zu erinnern, was sie gesagt hatte, Wort für Wort. Vielleicht war es nicht so angekommen, als knöpfte sie ihm Geld dafür ab, dass sie Stillschweigen bewahrte. Aber noch während Gemma das dachte, wusste sie bereits, dass sie sich etwas vormachte. Es war so angekommen, weil sie genau das beabsichtigt hatte.

Und dieser ganze Kram, dass sie Bescheid wusste – das hatte sich ganz spontan aus der Situation ergeben. Mike wollte nicht, dass jemand davon erfuhr, dass seine Mutter im Gefängnis war – das hatte Gemma instinktiv gespürt. Dabei spielte es für ihn keine Rolle, warum seine Mutter im Gefängnis war und ob sie einen Tag oder zehn Jahre saß. Mike ging es nur darum, dass nichts davon bekannt wurde. Niemand sollte davon erfahren. Er schämte sich so sehr für sie, dass er seine Mutter lieber tot gesehen hätte als im Gefängnis. Das hatte Gemma ihm vom Gesicht abgelesen, als er von seiner Mutter sprach.

Mit spitzen Fingern fasste Gemma den Fünf-Pfund-Schein an einer Ecke und hob ihn auf. Sie konnte es kaum ertragen, ihn zu berühren. Was sie getan hatte, war der helle Wahnsinn. Sie würde Mike suchen und das Geld zurückgeben und sich entschuldigen, wie sie sich noch nie zuvor entschuldigt hatte.

Gemma verließ die Mädchentoilette. Das Geld hielt sie ganz vorsichtig in der Hand. Sie musste Mike finden, bevor der Mut sie wieder verließ. Sie musste ihn finden, bevor er irgendjemandem erzählte, was sie getan hatte.

32

MIKE

Nischen

Endlich fand Mike, was er suchte. Einen Schlupfwinkel, wo er allein sein konnte. Ein Versteck. Es befand sich ganz hinten in der Bücherei, in der Abteilung mit den Nachschlagewerken. Dort stand nur ein einziger Tisch, und niemand saß daran.

Vorsichtig ließ Mike sich auf einem Stuhl nieder und setzte sich so, dass er der restlichen Bücherei den Rücken zuwandte. Er stellte seine Tasche neben sich auf den Boden und zuckte bei dem leisen Geräusch zusammen, das er dabei auf den Holzdielen verursachte. Dann schlug er die Hände vors Gesicht und zwang sich zum Nachdenken. Er sollte einem Lehrer davon erzählen oder Gramps und Nan. Er musste jemanden darüber informieren, was da vor sich ging. Er konnte nicht zulassen, dass Gemma damit durchkam. Von wem bekam sie sonst noch Geld? Redete deshalb niemand mit ihr? Die anderen hätten ihn warnen sollen.

Als Mike Schritte auf sich zukommen hörte, nahm er schnell die Hände vom Gesicht. Er lehnte sich zurück, streckte den Arm nach dem Regal aus und nahm das erste Buch, das er greifen konnte. Die Schritte bogen um die Ecke. Mike sah auf.

Gemma.

Sie kam näher, und Mike zog ein finsteres Gesicht. Was wollte sie? Noch mehr Geld? Wenn das der Fall war, hatte sie Pech. Er würde ... er würde ... Also, er wusste nicht, was er dann tun würde, aber er würde nicht noch

mehr Geld herausrücken, so viel stand fest. Warum konnte sie ihn nicht in Ruhe lassen? Himmel noch mal, war er nicht einmal in der Bücherei sicher vor ihr?
„Das gehört dir." Gemma hielt ihm seinen Fünf-Pfund-Schein hin.
Mike sah zwischen dem Geld und ihr hin und her. Was sollte das jetzt?
„Mach schon. Nimm's. Es ist dein Geld", drängte Gemma.
„Ich weiß nicht, was du für Spielchen treibst, aber ich mach dabei nicht mit. Verschwinde jetzt. Und komm nie wieder in meine Nähe." Mike sprach mit leiser, ruhiger Stimme. Dann wandte er sich sehr betont von ihr ab und las in dem Buch, das er in Händen hielt. Er konnte sich selbst nicht erklären, wie er sich so cool und gelassen anhören konnte, während er am liebsten alles kurz und klein geschlagen hätte. *Sie* kurz und klein geschlagen hätte.
„Ich will dein Geld nicht", sagte Gemma hinter ihm.
„Meinst du vielleicht, ich würde es zurücknehmen – oder es auch nur anfassen, nachdem du es in der Hand gehabt hast?", sagte Mike verächtlich. „Du brauchst es so dringend? Dann steck's dir sonstwohin!"
Schweigen.
Mike drehte sich nach ihr um – er konnte nicht anders, er musste sehen, was sie machte. Gemma legte die fünf Pfund vor ihn auf den Tisch. Ohne zu wissen, was er tat, nahm Mike den Geldschein, zerknüllte ihn und warf ihn Gemma zu. Das Geld traf sie im Gesicht, an der Wange, und fiel dann zu Boden.
Die Zeit stand still. Im ganzen Universum gab es nichts und niemand außer ihnen – und der Trennlinie, die zwischen ihnen gezogen worden war.
„Mach schon. Nimm dein Geld", zischte Mike. „Hoffentlich erstickst du daran."

Gemma bückte sich, legte die Finger um den Geldschein. Dann richtete sie sich wieder auf und ging davon, ohne sich noch einmal umzusehen.
Mike ließ das Buch sinken. Er hatte immer noch keine Ahnung, was für ein Buch es war, und das war ihm auch völlig egal. Er verschränkte die Arme auf dem Tisch und legte den Kopf darauf. Er war so müde. Müde von dem Tag, dem Monat, dem ganzen Jahr. Und seine Mutter fehlte ihm so entsetzlich.

33

G E M M A

Mond und Sterne

Gemma ging nach Hause. Autos donnerten die Straße entlang, Leute liefen eilig an ihr vorbei, und normalerweise bekam Gemma kaum mit, wo sie war. Sie war immer tief in Gedanken versunken. Aber heute nicht. Heute wollte sie nicht nachdenken, und so betrachtete sie jedes Auto, jedes Gebäude, den Ausdruck auf jedem Gesicht, dem sie begegnete. Sie sah sich alles ganz genau an und analysierte es, damit ihre Gedanken sich nicht anderen Dingen zuwandten. Sie schaute in den kleinen Zeitschriftenladen, der auch als Postamt diente – die Warteschlange reichte fast bis zur Tür. Sie warf einen Blick in die Bäckerei und sah einem Mann zu, der sich danach erkundigte, ob die Krapfen auch frisch waren.
Und dann schaute sie auch in den nächsten Laden, eine Boutique. Im Schaufenster war der schönste Pullover ausgestellt, den Gemma je gesehen hatte. Er war dunkelblau, ein tiefes Mitternachtsblau, das mit einem silbernen Halbmond und kleinen, goldenen Sternen und Mondstrahlen bestickt war. So etwas hatte Gemma noch nie gesehen. Sie schaute zum Ladenschild hoch, weil sie wissen wollte, wie die Boutique hieß. *New Girl.* Wieso kam ihr der Name bekannt vor? Moment mal! War das nicht der Laden von Robyns Mutter? Ja, genau. Gemma hatte doch gleich gewusst, dass sie den Namen kannte. Sie warf einen Blick durchs Schaufenster um sich zu vergewissern, dass Robyn nicht da war. Dann ging sie hinein.

„Guten Tag. Was darf's denn sein?", fragte eine Verkäuferin mit einem freundlichen Lächeln.
„Der Pulli im Schaufenster ..."
„Aus der Nacht-Kollektion von Shayne Jarvis?"
Gemma nickte, obwohl sie keine Ahnung hatte, ob das stimmte. „Ja, den meine ich. Was kostet der?"
Die Verkäuferin lächelte noch strahlender. „Das Interesse daran ist sehr groß. Die Pullover gehen weg wie die warmen Semmeln. Welche Größe suchst du?"
„Zehn."
„Schaun wir mal nach." Die Verkäuferin gab Gemma ein Zeichen, dass sie ihr folgen sollte.
Der Weg führte an Ständern mit wunderbaren Röcken, Blusen und Hosen vorbei. Schließlich blieb die Verkäuferin vor einem Drehgestell mit verschiedenen Pullovern stehen. Sie ließ das Gestell herumwirbeln und suchte nach Gemmas Größe.
„Da haben wir's! Es sind noch zwei Pullover in Größe zehn da. Möchtest du ihn mal anprobieren?"
Gemma sah auf die Uhr. Wenn sie sich hier noch länger aufhielt, kam sie zu spät nach Hause.
„Ach, ich zieh ihn schnell mal über", sagte sie schließlich.
Die Verkäuferin führte Gemma zu den Umkleidekabinen und reichte ihr den Sternenpulli. Gemma legte ihre Jacke und den weinroten Pullover ab und zog sich den neuen über den Kopf. Als sie in den Spiegel sah, blieb ihr der Mund offen stehen. Er sah wunderbar aus. *Sie* sah wunderbar aus. Und er passte wie angegossen – als wäre er ihr auf den Leib geschneidert worden. Sie drehte sich vor dem Spiegel hin und her. Der Pullover war umwerfend. Und er ließ auch *sie* umwerfend aussehen, machte sie zu einem ganz anderen Menschen. Gemma erkannte sich kaum wieder. Die Farben passten ganz genau zu ihr. Sie musste ihn unbedingt haben.

Widerstrebend zog Gemma ihn aus und suchte nach dem Preisschild. Es gab keins. Sie zog wieder ihren eigenen Pullover und die Jacke an und verließ die Kabine.
„Wie findest du ihn?“, fragte die Verkäuferin.
„Ganz toll“, sagte Gemma. „Was kostet er?“
„Neunundvierzig neunundneunzig.“
Gemma machte große Augen. Fünfzig Pfund für einen Pullover?
„Das hört sich vielleicht etwas teuer an, aber der Mond ist von Hand aufgenäht, und die Sterne und Mondstrahlen sind Handstickereien. Das sind richtige Kunstwerke.“
Gemma sah den Pullover noch einmal an. Sie hätte ihn liebend gern gekauft, aber sie konnte es sich unmöglich leisten, fünfzig Pfund für einen Pullover auszugeben. Es blieb ihr nichts anderes übrig als ihn zurückzugeben.
„Soll ich ihn dir einpacken?“
„Äh ... nein, danke. Ich hab nicht so viel Geld“, murmelte Gemma.
Die Verkäuferin lächelte. „Vielleicht kannst du ihn dir zum Geburtstag wünschen.“
„Vielleicht.“
„Aber da musst du dich beeilen. Wir haben nur noch zwei in deiner Größe, und es könnte sein, dass wir ihn nicht mehr hereinbekommen.“
Gemma nickte und ging aus dem Laden. Sie drehte sich um und schaute sich den Pullover im Schaufenster noch mal an. *Ihren* Pullover. So dachte sie jetzt bereits. Konnte sie Dad um das Geld bitten? Unmöglich. Er würde ihr nie und nimmer fünfzig Pfund geben, schon gar nicht für einen Pullover. Ebensogut konnte sie ihn darum bitten, ihr die Sterne vom Himmel zu holen. Vielleicht konnte sie Dad erzählen, dass sie das Geld für einen Schulausflug brauchte ... Aber was würde passieren, wenn der Schulausflug dann nie stattfand?

Der Pullover musste ihr gehören. Sie war fest entschlossen, ihn zu bekommen.
Mit diesem Pullover konnte sie ihren Tarnmantel für immer abschütteln. Mit diesem Pullover wäre sie nicht mehr unsichtbar; dann würden alle sie bemerken, nicht nur Mike. Mit diesem Pullover wäre sie ein neuer Mensch – jemand, der in den Spiegel schauen konnte ohne dabei zusammenzuzucken. Gemma musste sich schleunigst etwas einfallen lassen, wie sie an genug Geld herankam, um ihn kaufen zu können. Aber wie? Wer um alles in der Welt würde ihr fünfzig Pfund geben?

34

MIKE

Zufrieden

Mike stocherte mit der Gabel in seinem Kohl herum. Am Tisch herrschte ein seltsames Schweigen, jeder war tief in Gedanken versunken.
Los jetzt! Frag endlich!, wies Mike sich streng an. Mach einfach den Mund auf und frag!
„Gramps, wann fahren wir zu Mum? Du hast gesagt, wir könnten sie bald mal besuchen", erinnerte er seinen Großvater.
Seine Großeltern sahen sich an.
„Ich ... äh ... ich habe mich danach erkundigt." Aus unerfindlichen Gründen wirkte Gramps ziemlich nervös. „Wie's aussieht, muss ich ... deiner Mutter schreiben und sie darum bitten, dass sie uns eine Besuchserlaubnis schickt. Ohne so einen Schein lässt man uns nicht ins Gefängnis hinein."
„Du hast ihr noch gar nicht geschrieben?", fragte Mike enttäuscht.
„Nein. Ich bin noch nicht dazu gekommen. Das mach ich irgendwann im Lauf der Woche." Gramps nickte bekräftigend mit dem Kopf.
Irgendwann im Lauf der Woche! Mike konnte es nicht fassen. Gramps sprach davon, als ginge es um nichts Dringlicheres als darum, seine Rosen zu beschneiden oder ein Bild aufzuhängen. Wusste er denn nicht, wie viel Mike das bedeutete? Sah Gramps denn nicht, wie sehr Mike seine Mutter brauchte? Wie konnte er so locker damit umgehen?

„Ich möchte zu meiner Mutter", sagte Mike und hielt nur mit Mühe seine Wut im Zaum. „Du hättest ihr schon längst schreiben müssen. Ich weiß, dass du sie hasst, aber sie ist meine Mutter. Ich möchte zu ihr."

„Ja, das kann ich gut verstehen", sagte Gramps bedächtig. „Und ich hasse sie nicht."

„Das sagst du nur so ..."

„Weil es die Wahrheit ist", gab Gramps zurück. „Ich schreibe ihr, sobald ich einen Augenblick Zeit finde."

„Na schön. Sag mir, was ich machen muss, dann erledige ich das, wenn's dir zu viel Mühe macht", sagte Mike mit eisiger Stimme. „Kann ich ihr einfach ins Gefängnis schreiben?"

„Natürlich ist mir das nicht zu viel Mühe. Ich habe gesagt, dass ich es mache, und ich mach es auch."

„Versprochen?"

„Mike, ich glaube kaum ...", fing Nan an.

„Er soll es mir versprechen", beharrte Mike und wandte sich wieder seinem Großvater zu. „Also?"

„Ich gebe dir mein Ehrenwort. Bist du jetzt zufrieden?"

Nein. Noch lange nicht. Aber er musste sich damit begnügen – zumindest für den Augenblick. Von Tag zu Tag verstärkte sich das Gefühl bei Mike, dass er nur noch mit den Fingerspitzen an der Normalität hing – und langsam, aber sicher abrutschte. Alles war so kompliziert: zu Hause, in der Schule, die Sache mit seiner Mutter, sein ganzes Leben.

Wie war das so kompliziert geworden? Ein Augenblick des Zorns, eine einzige Tat, und sein ganzes Leben geriet durcheinander. Daran war seine Mutter schuld. Sie hätte seinen Dad verlassen müssen, bevor die Situation eskalierte. Das war nicht seine Schuld. Seine Mutter war schuld daran. Das hatte sie selbst gesagt, es vor Gericht eingestanden. Daran musste er sich halten. Er musste sich daran festklammern, dass er keine Schuld auf sich geladen hatte. Das war sein einziger Halt. Und wenn er auch den noch verlor ...

35

G E M M A

Wiedergutmachung

„Na, Gemma, wie war's in der Schule?"
„Wie immer." Gemma zuckte mit den Schultern.
Sie brauchte von ihren Hausaufgaben gar nicht erst aufzusehen um zu wissen, dass ihr Vater sie beobachtete. Seit sie das mit Mum erfahren hatte, war er ständig um sie herum.
„Möchtest du nicht mal ein paar Freundinnen zu uns einladen?", fragte Dad.
Gemma fuhr hoch und hob den Kopf.
„Ich meine, ich bekomme deine Freunde ja nie zu sehen", machte Dad weiter.
Vor Verlegenheit stieg ihr die Röte ins Gesicht, breitete sich langsam aus und fing an zu brennen. Aber Gemma achtete nicht darauf. „Ich bin nicht davon ausgegangen, dass sie sonderlich willkommen wären – vor allem, wenn ihr euch dauernd anschreit, Tarwin und du."
„Natürlich sind sie willkommen. Nächsten Monat hast du Geburtstag. Du solltest eine Party geben."
Wortlos widmete sich Gemma wieder ihren Hausaufgaben.
„Würde dir das gefallen?"
„Was? Eine Party?"
Dad nickte.
„Ich überleg's mir." Gemma wandte sich ab, damit Dad ihr Gesicht nicht sehen konnte.
„Hättest du nach dem Essen Lust auf ein Eis?", fragte Dad.

„Wir haben kein Eis da."
„Ich könnte im Laden an der Ecke noch schnell welches besorgen", schlug Dad vor.
Gemma zog die Stirn kraus. Also, eins musste man ihm lassen – er gab sich Mühe. Noch nie zuvor hatte sie von ihrem Vater so viel Aufmerksamkeit erhalten. Jahrelang hatte sie sich gewünscht, er würde endlich mal merken, dass er nicht nur einen Sohn, sondern auch eine Tochter hatte. Aber jetzt, wo ihr Wunsch endlich in Erfüllung ging, hatte sie das Gefühl, erdrückt zu werden.
„Nein, danke. Ich esse nur etwas Obst zum Nachtisch", erklärte Gemma.
„Okay", sagte Dad mit einem Hauch von Enttäuschung in der Stimme.
Die Haustür ging auf und fiel wieder ins Schloss. Schritte kamen auf die Küche zu.
„Hallo, Tarwin", rief Gemma.
Tarwin tauchte in der Tür auf. „Was ist denn hier los?", fragte er mit einem breiten Grinsen.
„Wir machen das Abendessen", sagte Dad.
„Und was gibt's?"
„Würstchen mit Kartoffelbrei – wenn du einverstanden bist, Prinzessin?"
Gemma sah ihren Vater nachdenklich an. So hatte er sie noch nie genannt. Obwohl sie sich den Kopf darüber zerbrach, kam sie nicht dahinter, was er auf einmal hatte. Und sie konnte sich selbst nicht erklären, warum sie sich nicht darüber freute, dass er so anders geworden war. Eigentlich müsste sie vor Freude an die Decke springen, aber das war nicht der Fall.
Sie kam mit ihren eigenen Gefühlen nicht klar. Vielleicht fühlte sie ja gar nichts. Möglicherweise lag das Problem genau da. Die Monate und Jahre, in denen sie unsichtbar gewesen war, hatten sie unfähig gemacht, überhaupt jemandem Gefühle entgegenzubringen –

außer ihrer Mutter. Und jetzt war auch das weg. Sie war nicht mehr unsichtbar – sie war ein Roboter.
Über diese Vorstellung musste Gemma lächeln. Ein Roboter, das klang doch gleich viel besser. Wenn sie ein Roboter war, dann konnte nichts und niemand ihr wehtun. Eine ideale Situation. Ja, so war es viel besser.
„Isst du mit?“, erkundigte sich Dad bei Tarwin.
„Ja, okay. Macht nur weiter.“ Tarwin schmiss seine Tasche in die nächste Ecke. „Braucht ihr Hilfe?“
Gemma sah Tarwin an. Er lächelte. Und Dad lächelte auch. Nur sie lächelte nicht. Sie versuchte es, hatte aber das Gefühl, dass sich ihr Gesicht statt zu einem Lächeln zu einer Grimasse verzog. Je mehr sie sich anstrengte, desto schlimmer wurde es. Das war nicht richtig. Es war nicht richtig, dass Tarwin und Dad lächelten, während sie kein Lächeln zustande brachte. Das war nicht *fair*.
„Was Mum jetzt wohl macht?“, fragte Gemma ohne irgendjemanden direkt anzusprechen.
Sofort schlug die Atmosphäre in der Küche um. Es war, als wäre das Licht ausgeknipst worden. Kaum hatte Gemma die Worte gesprochen, tat es ihr auch schon Leid. Aber es war zu spät, sie konnte sie nicht mehr ungesagt machen.
„Also, sie ist nicht draußen vor dem Haus und beobachtet uns, das steht schon mal fest“, sagte Tarwin düster. In seinem Gesicht und den Augen lag kein Lächeln mehr. Stattdessen schaute er Dad mit dem Blick an, den Gemma nur allzu gut kannte.
„Was soll das heißen?“ Gemma sah ihren Bruder verständnislos an. Eine sonderbare Bemerkung ...
„Frag doch Dad“, gab Tarwin zurück. „Für mich braucht ihr kein Abendessen mehr zu machen. Die Mühe könnt ihr euch sparen. Mir ist der Appetit vergangen.“
Tarwin ging aus der Küche, und Gemma wandte sich ihrem Vater zu. „Was hat Tarwin damit gemeint? Wa-

rum sollte Mum vor dem Haus stehen und uns beobachten?“
Schweigen. Vor Gemmas Augen veränderte sich das Gesicht ihres Vaters, fiel in sich zusammen.
„Das ist doch egal.“
„Tarwin ist da anderer Ansicht“, stellte Gemma fest. „Und deinem Gesicht nach zu urteilen findest du’s auch nicht so unwichtig.“
Keine Antwort.
„Dad?“, hakte Gemma nach.
Ihr Vater tastete nach einem Hocker und ließ sich müde darauf nieder. Gemma sah ihm schweigend zu, wartete darauf, dass er etwas sagte. Er starrte auf den Linoleumboden hinab, und es dauerte lange, bis er genügend Mut zusammengerafft hatte um sie anzusehen.
„Ein paar Monate, nachdem sie gegangen war, kam sie eines Tages her und wollte euch sehen“, gestand er leise. „Nicht mich. Nur dich und Tarwin. Ich ... ich hab sie nicht mal ins Haus gelassen. Danach ging sie dazu über, vor dem Haus gegenüber Posten zu beziehen und darauf zu hoffen, dass sie dich und Tarwin zu sehen bekam. So stand sie manchmal stundenlang ohne sich zu rühren.“
Jedes Wort, das ihr Vater sagte, war wie ein Stoß, der sie weiter an den Rand einer Klippe drängte. Dennoch konnte Gemma ihn nicht bitten, mit der Geschichte aufzuhören. Sie wollte sie hören, Wort für Wort. „Ich kann mich nicht daran erinnern, sie jemals gesehen zu haben.“
„Ich habe dafür gesorgt, dass du sie nicht zu sehen bekamst. Ich dachte, Tarwin wüsste nichts davon, aber ein paar Mal habe ich ihn dabei erwischt, wie er ihr durchs Fenster zuwinkte. Das brachte das Fass zum Überlaufen. Ich habe ihr gesagt, sie solle damit aufhören, weil die Belastung für dich zu groß wäre. Und ich habe ihr gedroht, dass ich ... dass ich umziehen würde, wenn sie

nicht damit aufhört, und dann würde sie euch nie mehr finden können. Danach habe ich sie nicht mehr gesehen."

Gemma war zu Mute, als hätte ihr jemand in den Magen geboxt. Mit einem Mal wurde alle Luft aus ihrem Körper gepresst. Sie starrte ihren Vater an, konnte das alles gar nicht aufnehmen. Ihre Mutter lebte nicht nur – sie hatte sogar versucht, sie und Tarwin zu sehen. Aber Dad hatte sie davon abgehalten. Wie konnte er das tun? Wie konnte er sich *unterstehen*? Aber Mum hätte nicht aufgeben dürfen. Wenn sie an der Stelle ihrer Mutter gewesen wäre, hätte sie sich davon nicht abhalten lassen.

„Ich versteh das nicht. Wieso hat Mum nicht das Sorgerecht für uns beantragt? Das wäre doch möglich gewesen, und du hättest nichts dagegen tun können."

Dad wich ihrem Blick aus, konnte ihr nicht in die Augen sehen.

„Was verschweigst du mir?", fragte Gemma mit eisiger Kälte.

„Ich ... deine Mutter hat tatsächlich versucht, das Sorgerecht zu bekommen", sagte Dad mit leiser, eintöniger Stimme. „Aber nur für ... Tarwin."

Der letzte Stoß. Und Gemma stürzte ab und fiel, fiel in völlige Stille. Sogar ihr Herz verstummte. Kein Laut war zu hören. Instinktiv hatte sie immer gewusst, dass die Wahrheit vernichtend sein konnte, aber sie hatte nicht mit dieser Stille gerechnet. Der Tod jeder Hoffnung. „Ich verstehe."

„Nein, das verstehst du nicht", sagte Dad schnell. „Deine Mutter hatte nach deiner Geburt einen Nervenzusammenbruch. Jetzt, im Nachhinein, bin ich überzeugt davon, dass sie eine schwere Depression hatte. Das kommt nach einer Geburt öfter vor. Aber das bedeutete, dass sie dich lange Zeit nicht versorgen konnte. Ich glaube, sie hatte deshalb immer Schuldgefühle und fürchtete

sich ein wenig vor dir. Deshalb hatte sie wohl das Gefühl, dass sie nur ... nur für Tarwin sorgen konnte."
Gemma bekam kaum noch etwas mit. Wie wirre Nebelschwaden glitten Dads Worte an ihr vorbei. Sie wusste nur eins, und das füllte Kopf und Herz vollständig aus: Nicht einmal ihre eigene Mutter hatte sie gewollt.
„Gemma? Du hörst mir ja gar nicht zu. Deine Mutter hatte dich lieb – sehr sogar. Das war alles meine Schuld. Ich habe ihr gesagt, dass ich sie für psychisch gestört erklären lassen würde, wenn sie versuchen sollte, mir die Kinder wegzunehmen. Ich würde ihr bescheinigen lassen, dass man ihrer Obhut nicht die kleinste Kleinigkeit anvertrauen kann, geschweige denn ein Kind. Da hat sie nachgegeben, und wenn ich an ihrer Stelle gewesen wäre, hätte ich genau dasselbe getan. Danach hatte ich lange Zeit das deutliche Gefühl, dass sie uns heimlich beobachtet. Aber sie sorgte immer dafür, dass ich sie nicht sehen konnte. Und als ich das nicht mehr aushielt, habe ich an einem Wochenende alles zusammengepackt, und wir sind hierher gezogen."
„Deshalb hat Tarwin dauernd Krach mit dir, stimmt's?", stellte Gemma fest. Ihr war plötzlich ein Licht aufgegangen. „Er weiß, was du getan hast ..."
„Ich bin nicht stolz darauf, Gemma. Ich habe getan, was ich für das Beste hielt. Jetzt weiß ich, dass ich mich falsch verhalten habe, aber damals war ich zu verletzt, um klar denken zu können."
„Und du hast Mum seither nie mehr gesehen?", fragte Gemma.
Dad schüttelte den Kopf.
„Weißt du, wo sie jetzt ist?"
Wieder Kopfschütteln.
„Gibt es noch mehr, was ihr wisst, Tarwin und du, mir aber verschweigt?", fragte Gemma mit eiskalter Stimme.

„Nein, ich ..."
Gemma wandte sich ab und ging zur Tür.
„Wo willst du hin?"
„In mein Zimmer", sagte Gemma und ging weiter.
„Und das Abendessen?", rief Dad ihr nach.
„Ich hab keinen Hunger."
„Gemma, warte ..."
Aber Gemma wollte nichts mehr hören. Und wenn Dad nie wieder ein Wort mit ihr sprach, war ihr das auch egal. Sie stürmte in ihr Zimmer und knallte die Tür hinter sich zu. Als sie auf ihre Hände hinunterschaute, stellte sie fest, dass sie zitterten. Sie zitterte am ganzen Körper. Ihr Kopf explodierte fast. Die Stille war vorbei.
Tu was.
Sie musste etwas unternehmen, sonst würde sie laut schreien und nicht mehr aufhören, bis sie heiser war. Ihr erster Weg führte sie zu ihrem Nachttisch. Sie fischte das Tuch ihrer Mutter aus der untersten Schublade hervor, knüllte es in ihrem Schoß zusammen und betrachtete die zerknitterten Sterne und den Mond, mit denen es bedruckt war. Das erinnerte sie an den Pullover bei *New Girl.* Eine Idee schoss ihr durch den Kopf und nahm feste Formen an. Eine schreckliche Idee. Gemma versuchte sie wegzuschieben, sie aus ihrem Kopf zu verbannen, aber sie hatte sich bereits festgesetzt und wich nicht von der Stelle. Es gab eine Möglichkeit, an den Pullover zu kommen, ohne dass sie sich selbst in Gefahr brachte.
Und dann, ganz plötzlich, war die Idee gar nicht mehr so schrecklich. Wenn sie den Einfall nicht mehr los wurde, würde sie ihn eben nutzen. Und mehr als das – sie würde das voller Begeisterung tun. Wie ihr Dad würde sie dann zu den Leuten gehören, die sich durchsetzten. Die bekamen, was sie wollten.
Gemma konnte spüren, wie ihr Gesicht versteinerte.

Zum ersten Mal würde sie gegen die Situation nicht ankämpfen, sondern sie akzeptieren und sogar ihren Vorteil daraus ziehen. Machten alle anderen das nicht auch? Sie hatte niemanden und sie brauchte niemanden. Von jetzt an würde sie nur noch an sich selbst denken.

36

M I K E

Alles, was ich habe

Ach du lieber Himmel! Er hatte die Schule noch nicht mal betreten, und schon wartete sie auf ihn um ihn wieder zu quälen. Mike erwog kurz die Möglichkeit, dass Gemma draußen vor dem Schultor stand um auf jemand anderes zu warten, aber diese Idee verwarf er gleich wieder. Zum Schutz vor ihr und dem peitschenden Regen senkte er den Kopf und versuchte an ihr vorbeizukommen. Sie ging neben ihm her.

„Mike, kennst du die Boutique *New Girl* hier um die Ecke?"

„Ja", sagte Mike kurz angebunden und runzelte die Stirn.

„Dort gibt es ganz tolle Pullover im Schaufenster. Dunkelblau mit einem Mond und aufgestickten Sternen."

„Na und?" Wozu erzählte sie ihm das? Als er ob er auch nur das geringste Interesse an Pullovern, an *New Girl* oder an ihr hätte!

„Ich habe Größe zehn."

„Wirklich faszinierend! Und jetzt entschuldige mich bitte."

„Könntest du mir bitte einen besorgen?"

„Einen was?"

„Einen Pullover von *New Girl.* So einen mit Mond und Sternen."

Mike funkelte sie böse an. „Was redest du denn da?"

Pause.

„Ich soll dir so einen Pulli kaufen?"

Gemma nickte. „Er kostet fünfzig Pfund."
Mike war wie erstarrt. Hatte er richtig gehört? *Fünfzig Pfund?* „Das soll wohl ein Witz sein." Er langte in die Tasche und holte sein Kleingeld hervor. „Wenn der Pullover bis zu einem Pfund vierundsiebzig kostet, kannst du ihn kaufen. Mehr hab ich nämlich nicht. Dafür hast du ja gesorgt."
„Ich will ihn aber unbedingt."
„Pech. Ich hab dir doch gerade gesagt – ich habe kein Geld!", schrie Mike. Er sah, wie Gemma nervös zu den Leuten hinüberschaute, die an ihnen vorbeigingen. Die anderen interessierten sich für ihren Streit, aber ihre Neugier war doch nicht groß genug um stehen zu bleiben und zuzuhören. Dafür war es zu kalt und nass. „Du lebst in Wolkenkuckucksheim, wenn du glaubst, dass ich an solche Summen herankomme."
„Dann überleg dir was anderes, wie du mir den Pullover besorgen kannst."
„Was denn zum Beispiel?"
„Dir fällt bestimmt was ein."
Und dann machte es bei Mike *klick.* Kein langsames Dämmern, bis die Erleuchtung kam. Es machte in seinem Kopf einfach klick, und er wusste Bescheid. Er sollte den Pullover *stehlen.*
„Kommt nicht in Frage", sagte er spontan.
„Ich will ihn haben, Mike, und zwar bis morgen Abend. Sonst erfahren bis zum Wochenende alle die Wahrheit über dich."
Da war es wieder, dieses Wort – die Wahrheit. Komisch, dass Gemma ihm gerade dieses Wort immer wieder um die Ohren schlug.
„Es ist mir Ernst damit, Mike. Ich werde es allen sagen." Gemma legte die Stirn in Falten.
„Das kannst du nicht machen. Das würdest du doch nicht tun!"

„Wart's nur ab!"
Mike wollte schlucken, aber seine Kehle war wie zugeschnürt.
„Morgen Nachmittag, Mike. Ich geb dir einen Tag um das Geld zu beschaffen, aber wenn dir das nicht gelingt, musst du den Pullover eben anders besorgen", sagte Gemma. „Nach der Schule treffen wir uns vor der Boutique. Wir warten, bis sie aufmacht, und dann besorgst du mir den Pullover. Ich will ihn unbedingt haben."
Mike starrte Gemma an. Sie sah so ... normal aus. Niemand würde sich auf der Straße nach ihr umdrehen. Wie konnte so jemand so abgrundtief böse sein? Warum war sie so versessen darauf, ihm das Leben schwer zu machen? Was hatte er ihr getan?
Sie ging davon. Mit schnellen Schritten. Er sah ihr nach, konnte den Blick nicht von ihrem Rücken abwenden. Wenn er mit den Augen doch nur weiß glühende Laserstrahlen oder rot glühende Gewehrkugeln aussenden könnte!
Ein Zug? Ein Flugzeug? Eine Rakete? Womit käme er am schnellsten von hier weg? Fort von Gemma. Von Gramps und Nan. Von Mum. Von allen. Weglaufen und sich verstecken. Mike stand im strömenden Regen und sah zu, wie Gemma von ihm wegging. Am liebsten hätte er kehrtgemacht und wäre in die andere Richtung gelaufen.
Laufen und laufen und laufen. Und niemals anhalten.

37

GEMMA

Geschafft

Die Schule war für heute zu Ende, und Gemma ging nach Hause. Und ... ja, sie hatte es geschafft. Ganz so, wie sie es sich vorgenommen hatte. Sie fühlte nichts – das war gut, nein, es war *toll.* Wenn man keine Gefühle hatte, konnte man alles erreichen, was man wollte. Schade nur, dass sie sich nicht darüber *freuen* konnte. Es hätte ihr schon genügt, wenn sie über das, was sie getan hatte, Befriedigung empfunden hätte, aber gar nichts zu fühlen war immer noch besser als sich schlecht zu fühlen. Wenn es nur das gab, dann wollte und brauchte sie auch nicht mehr.

Gemma bog in ihre Straße ein. Als sie sich dem Haus näherte, verlangsamte sie ihren Schritt. Vor dem Gartentor blieb sie stehen. Sie wollte nicht ins Haus, jetzt noch nicht. Aber es gab keinen anderen Ort, wo sie hinkonnte. Sie machte kehrt und ging auf die andere Straßenseite. Vor Jahren hatte ihre Mutter hier draußen vor ihrer alten Wohnung gestanden, so wie sie jetzt. Und sie hatte das Haus angesehen.

Kalter Regen prasselte Gemma ins Gesicht, als sie den Kopf in den Nacken legte. Die Tropfen brannten auf der Haut. Im Zimmer ihres Vaters bewegte sich eine Gardine am Fenster. Und schlagartig wusste Gemma, dass Dad sie entdeckt hatte und sie jetzt beobachtete, wobei er sich hinter der Anonymität der weißgrauen Netzgardinen verbarg.

Gemmas Gesicht wurde hart. Was Dad jetzt wohl dachte? Vielleicht überkam ihn das schreckliche Gefühl, das alles schon mal erlebt zu haben. Was würde er machen? Anmarschiert kommen und sie ins Haus schicken, genauso energisch, wie er damals ihre Mum weggeschickt hatte? Oder vielleicht würde er einfach am Fenster stehen bleiben und sie beobachten.

Mit einem tiefen Seufzer senkte Gemma den Kopf und überquerte die Straße. Ihr ganzes Leben war auf einmal so kompliziert, und anstatt sich darum zu bemühen, dass es wieder besser wurde, machte sie alles nur noch schlimmer. Es war, als würde sie einen Berg hinunterkollern – immer schneller und schneller, sodass sie nichts mehr unter Kontrolle hatte. Und wenn das Kollern aufhörte, würde der Schmerz einsetzen; das wusste sie genau.

38

MIKE

Der Brief

Als Mike die Haustür aufmachte, merkte er sofort, dass etwas anders war. Aus der Küche wehten ihm keine appetitlichen Düfte entgegen, und es ertönte kein „Hallo, Mike“ oder „Wir sind hier drinnen!“, sowie er das Haus betrat.

„Nan? Gramps?“

Keine Antwort. Dann fiel Mike ein, was Nan ihm gesagt hatte: Sie wollte mit Gramps einen Freund besuchen, der mit einem gebrochenen Bein im Krankenhaus lag. Seine Enttäuschung darüber, dass seine Großeltern nicht zu Hause waren, erstaunte ihn selbst. Aber er musste unbedingt mit ihnen sprechen. Gerade jetzt, wo er sie brauchte, waren sie nicht da. Wenn Nan und Gramps in diesem Augenblick zu Hause gewesen wären, hätte er ihnen *alles* erzählt. Die Wahrheit über seine Mutter und seinen Vater und die Sache mit Gemma. Er konnte den Pullover nicht stehlen. Er konnte überhaupt nichts stehlen. In seinem ganzen Leben hatte er noch nie geklaut. Was immer er auch sein mochte – ein Dieb war er nicht. Aber Gemma wollte ihn genau dazu machen. Er würde es nicht tun. Das *konnte* er nicht.

Du hast keine andere Wahl.

Mike versuchte diesen Satz in seinem Kopf zu ignorieren. Er hatte eine Wahl. Wenn man's genau betrachtete, gab es immer eine Wahl. Die Frage war, wie seine Entscheidung ausfallen würde. Wenn er Gramps und Nan die Wahrheit sagte, würden sie verlangen, dass er damit zur Polizei ging, und dann würden es alle erfahren. Es würde in der Zeitung stehen und im Fernsehen kommen, und er würde Mum trotzdem nicht besuchen können. Aber wenigstens hätte er die Befriedigung, Gemma in ihre Schranken zu weisen. Sie würde sich einen Haufen Ärger dafür einhandeln, dass sie versucht hatte ihn zu ... erpressen. Das war doch Erpressung, oder?

Mit hängenden Schultern ließ Mike sich aufs Sofa plumpsen. Auf dem Couchtisch vor ihm lagen ein zusammengefalteter Zettel und Geld, aber er achtete nicht darauf. Was sollte er tun? Wenn er Nan und Gramps und der Polizei alles sagte, kam Gemma vermutlich mit einer Verwarnung davon, aber sein Leben wäre verpfuscht. Immer wenn er dachte, dass es nicht mehr schlimmer werden könnte, kam doch noch etwas dazu. Aber er würde sich von Gemma nicht zum Dieb machen lassen.

Langsam streckte Mike den Arm nach dem Zettel aus.

Lieber Mikey,

wie geht's? War's schön in der Schule? Du musst uns davon erzählen, wenn wir wieder zu Hause sind. Hoffentlich hast du nicht vergessen, dass dein Großvater und ich heute erst gegen neun heimkommen.

Im Kühlschrank findest du Schinken und Brathähnchen, aber für den Fall, dass du darauf keine Lust hast, lasse ich dir etwas Geld da, damit du dir Fisch mit Fritten oder eine Pizza oder ein indisches Gericht holen kannst. Kauf aber bitte keine Kartoffelchips, Süßigkeiten oder anderen Schrott – das ist kein richtiges Essen, und du bekommst nur schlechte Zähne davon. Ich schlage vor, dass du zuerst etwas Ordentliches isst und dann deine Hausaufgaben erledigst. An deiner Stelle würde ich den Fernseher gar nicht erst anmachen, das verleitet dich sonst nur, davor sitzen zu bleiben.

Bis nachher.
Alles Liebe
Nan

Mike musste lächeln. Nan schrieb genauso, wie sie sprach. Er betrachtete das Geld, das auf dem Tisch lag. Zwei Fünf-Pfund-Scheine. Noch vierzig Pfund dazu, und er wäre aus dem Schneider. Noch vierzig Pfund ... Mike stand auf und zog die Jacke aus.
Noch vierzig Pfund ...
Ob Nan und Gramps irgendwo im Haus so viel Geld herumliegen hatten? Das wäre kein Diebstahl - jedenfalls kein richtiger. Er würde das Geld nehmen, aber einen Zettel hinterlegen, auf dem stand, dass er das Geld ganz bestimmt ersetzen würde. Vielleicht würden sie ja gar nicht merken, dass es weg war. Er würde sich einen Teilzeitjob besorgen und es mit Zinsen zurückzahlen. Gramps und Nan würden keinen Schaden davon haben; dafür würde er schon sorgen. Mit der Zeit würden sie das Geld wiederbekommen. Und überhaupt, Kühlschrank und Vorratsschränke waren immer gut gefüllt, und dem Haus und dem großen Auto nach zu schließen mussten Gramps und Nan wohl kaum jeden Penny umdrehen. Aber Mike brauchte das Geld sofort - nun ja, jedenfalls morgen Nachmittag. Wenn sie es hatten, würde er es als Leihgabe nehmen; nur darum ging es. Er würde im Obergeschoss anfangen und sich dann nach unten vorarbeiten. Noch vierzig Pfund, mehr brauchte er nicht.
Sei nicht so blöd, sagte eine Stimme in seinem Inneren. Mike hörte nicht darauf und ging nach oben.
Zehn Minuten später durchsuchte er den Kleiderschrank von Gramps und Nan. Unter der Matratze hatte er bereits nachgesehen und auch in den Schubladen

der Frisierkommode. Der Einbauschrank für ihre Kleidung zog sich durchs ganze Zimmer, reichte von einer Wand zur anderen. Auf der einen Seite waren die Sachen von Nan untergebracht und auf der anderen die von Gramps. Die Kleiderstange war ziemlich weit oben angebracht – auf diese Weise war unter den Röcken und Hemden noch jede Menge Platz für Schuhe und Schuhschachteln und Kleiderbügel und allen möglichen Krimskrams. Links und rechts im Schrank gab es Fächer für Pullover und Unterwäsche und Bettwäsche und all die anderen Dinge, die Nan nicht aufhängen wollte.

Mike überlegte, wo er anfangen sollte. In Gramps' Jackentaschen? Oder vielleicht in Nans Handtaschen. Bei dieser Entscheidung wurde er unsicher. Vielleicht sollte er einfach warten und Gramps und Nan um das Geld bitten, wenn sie nach Hause kamen. Aber sie würden wissen wollen, wofür er so viel Geld brauchte. Und was dann? Nein, so ging das nicht. Auf diese Weise gewann er ein paar Wochen, bis er das Geld zurückgeben konnte.

Als Mike nach unten sah, blieb sein Blick an etwas Seltsamem hängen. Auf Nans Schrankseite stand im untersten Fach ein silberner Humpty-Dumpty. Anders ließ sich das nicht beschreiben. Mike war überzeugt davon, dass ihn seine Augen trogen, aber er bückte sich um sich das genauer anzusehen. Nein, er hatte Recht. Es *war* ein versilberter Humpty-Dumpty oben auf seiner Mauer, ungefähr zwanzig Zentimeter hoch. Mike nahm ihn auf und schüttelte ihn. Ein gedämpftes Klappern war zu hören. Mike drehte die Figur in den Händen hin und her. Sie sah ganz glatt aus, aber Teile davon waren gezackt und fühlten sich ziemlich rau an. An der Stelle, wo Humpty-Dumpty auf der silbernen Mauer saß, gab es eine Fuge. Als Mike schließlich mit aller Kraft daran zog, ging der Kopf ab. Zusammengerollte Papiere und

ein goldener Ring mit einem Saphir flogen daraus hervor und landeten auf dem Teppich.
Als Erstes hob Mike den Ring auf. Er war wunderschön. Der Stein war tief dunkelblau und funkelte wie der Hundsstern. Mike legte den Ring wieder in die Humpty-Dumpty-Figur zurück. Dann sammelte er die Papiere auf, die kreuz und quer auf dem Fußboden lagen. Als er sie wieder zusammenrollte, blieb sein Blick an einem Wort haften – *Justizvollzugsanstalt.* Sein Herz begann schmerzhaft zu hämmern. Ohne darauf zu achten rollte Mike das Blatt wieder auf. Mit einem Mal wurde ihm unerträglich heiß.
Der Brief war auf einen Papierbogen der Justizvollzugsanstalt Amstead geschrieben. Es dauerte eine Weile, bis Mike noch etwas anderes wahrnehmen konnte als den Aufdruck oben auf der Seite. Seine Mutter war in der Justizvollzugsanstalt Amstead. Mike fing an zu lesen.

Liebe Angela, lieber Robert,

ich habe meine Entscheidung gefällt. Es tut mir Leid, aber ich möchte Mike nicht sehen, solange ich hier bin – zumindest nicht in nächster Zeit. Nicht in längerer Zeit. Richtet Mike bitte aus, dass ich ihn sehr lieb habe und dass er an dem, was passiert ist, keinerlei Schuld hat, aber ich möchte nicht, dass er hierher kommt. Das würde ihm das Herz brechen – und das würde wiederum mir das Herz brechen. Wenn ich mit mir selbst besser klarkomme, werde ich ihm schreiben und meine Gefühle erklären, aber jetzt kann ich das noch nicht. Bitte sagt ihm, dass ich mich nicht von ihm abwende. Er wird für mich immer das Einzige auf dieser Welt sein, was ich mehr liebe als mein eigenes Leben. Aber ich werde keinen Besuchsantrag unterschreiben. Dieser Entschluss steht fest. Das alles hier ist schon schwer genug. Jeder Tag kostet mich so viel Anstrengung, dass ich alle Kräfte anspannen muss. Ich habe

das Gefühl, dass mir sämtliche Knochen im Leib zerspringen, wenn ich auch nur niesen muss. Ein Treffen mit Mike wäre für uns beide der letzte Tropfen, der das Fass zum Überlaufen bringt. Bitte, bitte fragt mich nicht noch mal danach.
Und ich hoffe, dass ihr mir eines Tages verzeihen könnt, was ich eurem Sohn angetan habe. Ich erwarte keine Wunder; das habe ich mir abgewöhnt. Glaubt mir, ich verstehe es sehr gut, wenn ihr zu dem Ergebnis kommt, dass ihr mir niemals verzeihen werdet. Aber bitte gebt Mike keinerlei Schuld an dem, was vorgefallen ist. Ich hatte nie die Gelegenheit, euch so gut kennen zu lernen, wie ich das gerne wollte. Dennoch traue ich euch so etwas nicht zu, aber ich glaube jetzt, dass es besser ist, solche Sachen offen auszusprechen. Das war mein Fehler bei Ricky. Als er arbeitslos wurde und zu trinken anfing, hätte ich auf den Tisch hauen müssen. Aber ich habe es nicht getan – mit tragischen Konsequenzen für uns alle.
Also, passt ihr jetzt für mich auf Mikey auf. Ihr braucht ihm nur ein wenig entgegenzukommen, dann werdet ihr feststellen, dass er ein wunderbarer, liebevoller Junge ist. Sagt ihm nichts davon, dass ich ihn nicht sehen will. Ich vertraue darauf, dass euch eine glaubwürdige Ausrede einfällt. Grüßt Mikey ganz lieb von mir. Meine Liebe wird er immer haben. Aber ich möchte ihn nicht sehen.

Mit herzlichen Grüßen
Marsha

Mike las den Brief wieder und wieder durch. Erst als er Tropfen auf das Papier fallen sah, wurde ihm bewusst, dass er weinte. Langsam rollte er den Brief zusammen und legte ihn zu den anderen.
Seine Mutter wollte ihn nicht sehen.
Das hatte sie seinen Großeltern geschrieben. Gramps hatte gelogen. Er hatte so getan, als hätte er Mikes Mutter noch gar nicht geschrieben, während in Wirk-

lichkeit ... In Wirklichkeit wollte seine Mutter ihn nicht sehen. Sie behauptete zwar, ihn zu lieben, aber Taten sprachen eine deutlichere Sprache als Worte. Sie *gab* ihm die Schuld daran. Warum sonst sollte sie einen Besuch von ihm ablehnen? Mike hatte sich schon immer gedacht, dass sie ihm vielleicht die Schuld gab. Das war seine allergrößte Angst. Aber es waren zwei sehr verschiedene Dinge, ob man so etwas dachte oder es in Mums Schrift schwarz auf weiß geschrieben sah.
Seine Mutter wollte ihn nicht sehen.
In seinem Kopf hatte kein anderer Gedanke mehr Platz.
Seine Mutter wollte ihn nicht sehen.
Nur das war wichtig. Alles andere war ihm egal. Und in diesem Augenblick kam Mike zu der Überzeugung, dass ihm ganz recht geschah. Was auch mit ihm passierte, was immer ihm widerfuhr – er hatte es verdient.

39

G E M M A

Nichts

Gemma stand vor der Boutique, las eine Zeitschrift und schaute gelegentlich auf, sah die Straße entlang. Es war schönes Wetter und so warm, dass es fast schon schwül war. Vielleicht war die Sonne ein gutes Zeichen?

Seltsam, sie hatte überhaupt keine Angst. Und ihr war auch nicht schlecht. Im Verlauf der letzten Nacht war sie zu dem Ergebnis gekommen, dass nichts zu fühlen schon an sich ein herrliches Gefühl war. Selbst nichts war etwas. Sie würde sich den Pullover besorgen ... oder vielmehr: *Mike* würde ihr den Pullover besorgen, und das war nur der Anfang. Sie würde alles bekommen können, was sie wollte. Alles, was es auf der Welt nur gab. Und sie brauchte dazu nichts weiter zu tun als Mike darum zu bitten.

Aber wo blieb er jetzt? Er müsste schon da sein. Gemma wandte sich wieder ihrer Zeitschrift zu. Mit gerunzelter Stirn schaute sie auf die aufgeschlagene Seite hinunter. Seit einer Viertelstunde las sie ein und dieselbe Seite und hatte immer noch keine Ahnung, was dort stand. Sie musste sich besser konzentrieren. Schließlich hatte *sie* nichts zu befürchten.

Weitere fünf Minuten verstrichen. Gemma wusste noch immer nicht, was sie las. Seufzend schlug sie die Zeitschrift zu und merkte, dass jemand vor ihr stand. Mike. Erschrocken fuhr Gemma zusammen. Sie hatte ihn nicht kommen hören. Wie lange stand er schon da? Dass er so plötzlich auftauchte, brachte sie ziemlich aus

der Fassung. Sie hatte vorbereitet sein wollen, wenn er kam, wollte ihren Gesichtsausdruck unter Kontrolle haben. Jetzt konnte er sehen, dass sie aufgeregt und verlegen war.
„Hier bin ich. Was jetzt?“, fragte Mike mit eisiger Stimme.
„Du holst mir den Pullover, den ich haben will.“ Gemma konnte nur hoffen, dass sie denselben Tonfall getroffen hatte wie er.
„Du hast es dir also nicht anders überlegt?“
„Wie kommst du denn darauf?“
„Du bist wirklich der ekelhafteste Mensch, der mir je begegnet ist. Schade, dass du meinen Vater nicht kennen gelernt hast. Ihr hättet euch prächtig verstanden.“
Gemma schluckte schwer. Erst dann konnte sie ihrer Stimme wieder trauen. Die Bemerkung hatte ihren Schutzpanzer durchdrungen und sie verletzt – aber jetzt war sie wieder in Ordnung. Es war jedoch erschreckend, dass es ihm überhaupt gelungen war, ihr unter die Haut zu gehen. Was war aus ihrer Gefühllosigkeit geworden? War auch das nur Illusion gewesen? Eine Selbsttäuschung?
„Also, wie läuft das jetzt?“
Gemma zuckte mit den Schultern und zeigte zur Ladentür. „Rein mit dir.“
„Du willst mich immer noch dazu zwingen?“
„Ich zwinge dich zu nichts. Du kannst frei entscheiden, ob du es tust“, sagte Gemma.
„Und wenn nicht, zerstörst du mein Leben – und das meiner ganzen Familie“, sagte Mike bitter. „Eine tolle Entscheidungsfreiheit!“
Wieder reagierte Gemma mit einem Schulterzucken. „Sieh lieber zu, dass du reingehst und den Pullover besorgst, sonst macht der Laden zu. Denk dran, ich hab Größe zehn.“

„Deine Größe interessiert mich einen Dreck."
„Wenn du mit einem Pullover in der falschen Größe aus dem Laden kommst, wird dich das sehr wohl interessieren", sagte Gemma.
Noch nie in ihrem Leben hatte sie einen so bösen, verbitterten Blick gesehen wie den, mit dem Mike sie bedachte, bevor er den Laden betrat. Eine Glocke ertönte, als die Tür aufging. Dann fiel sie ins Schloss, und sobald Mike außer Sicht verschwunden war, wurde Gemma ganz seltsam zu Mute. Ein merkwürdiges Gefühl beschlich sie, so langsam, dass sie nicht so recht dahinter kam, was es war. Sie hatte am ganzen Körper Schweißausbrüche. Die Schweißtropfen waren wie kleine Nadelstiche, und es juckte überall. Sie bekam feuchte Hände, und in ihrem Magen ging es drunter und drüber. Ihr Mund füllte sich mit Speichel. Gemma schluckte, hatte den Mund aber gleich wieder voll.
Sie betrachtete die geschlossene Ladentür und fragte sich, was da drin wohl vor sich ging. Sie ging einen Schritt näher heran, dann noch einen. Aber auch als sie direkt am Schaufenster stand, konnte sie nichts erkennen. Gemma schirmte die Augen mit den Händen ab und schaute angestrengt in den Laden hinein. In ihrem Magen rumorte es immer schlimmer. Wieso konnte sie Mike nicht sehen? Wo war er? Was trieb er dort drin?

40

MIKE

Mond und Sterne

„Kann ich dir behilflich sein?"
Kaum hatte er den Laden betreten, war die Verkäuferin auch schon zur Stelle.
„Ich ... äh ... ich suche ein Geschenk für meine ... meine Mu... Schwester", stammelte Mike.
Die Verkäuferin lächelte ihn an. „Woran hattest du denn gedacht?"
„An einen ... einen Pullover. Sie wünscht sich einen Pullover."
„Dort drüben haben wir ein paar sehr schöne ..."
„Nein, äh ... sie will einen ganz bestimmten haben. Er ist dunkelblau, mit Mond und Sternen darauf."
„In der Art haben wir nur diese hier für fünfzig Pfund", sagte die Verkäuferin. In ihrem Tonfall schwang etwas Zweifel mit. „Das ist eine Menge Geld. Vielleicht beteiligen sich deine Eltern daran. Ihr könntet ihn deiner Schwester gemeinsam schenken."
„Wenn du möchtest, kannst du ihn anzahlen", sagte eine Stimme hinter ihm.
Mike fuhr erschrocken zusammen. Als er sich umdrehte, hatte er das freundliche Lächeln einer wunderschönen schwarzen Frau vor sich. Sie war gertenschlank und hoch gewachsen. Die Haare waren nach hinten gekämmt und mit einem langen, fließenden Tuch zu einem Pferdeschwanz gebunden. Diese Frau sah aus, als hätte sie kein einziges Kleidungsstück an, das unter fünfzig Pfund gekostet hatte. Alles an ihr war perfekt.

Sie erinnerte Mike an jemanden, aber er kam nicht darauf, an wen.
„Mit einer Anzahlung hättest du die Sicherheit, dass wir dir den Pullover zurücklegen, bis du dich mit deinen Eltern besprochen hast. Und wenn du ihn dann doch nicht kaufen möchtest, bekommst du das Geld zurück. Aber die Entscheidung liegt natürlich bei dir."
Mike betrachtete die Pullover an dem Drehgestell. Es waren einfach dunkelblaue Pullover mit ein paar aufgenähten Gold- und Silberlitzen. Ganz hübsch, aber keine fünfzig Pfund wert. Zumindest sah er das so. Warum war Gemma so versessen auf so einen Pullover? Oder ging es dabei vielleicht gar nicht darum? Vielleicht wollte Gemma einfach nur, dass er für sie Kunststücke machte, und auf diese Weise konnte sie ihn durch den Reifen springen lassen.
„Haben Sie einen in Größe zehn?"
Die Verkäuferin sah nach. „Du hast Glück. Wir haben nur noch den einen da."
Sie hielt den Pullover hoch, damit er ihn besser sehen konnte. Irgendwo hinten im Laden klingelte ein Telefon. Mike nahm der Verkäuferin den Kleiderbügel ab, und sie ging zum Telefon. Er hielt den Pullover hoch und betrachtete ihn.
Wenn er auch nur einen Funken Verstand besaß, würde er den Pulli zurückgeben, sich bedanken und schleunigst aus dem Laden verschwinden. Aber draußen wartete Gemma, und ihre Drohung hing wie ein Damoklesschwert über ihm.
„Mrs Spiner, Telefon für Sie", rief eine Stimme hinter den Umkleidekabinen.
Die perfekt gekleidete Frau drehte sich um und ging in die Richtung, aus der die Stimme gekommen war. Als Mike aufschaute, war die Verkäuferin wieder da.
„Du kannst es dir ja noch überlegen." Sie lächelte ihm

zu. „Ich lass dich jetzt allein, damit du dich in Ruhe umsehen kannst."
„Danke", sagte Mike erleichtert.
Wie sollte er das machen? Er hatte keine Ahnung. Der Pullover hing auf einem Kleiderbügel. Seine erste Aufgabe bestand also darin, ihn herunterzunehmen. Da der runde Halsausschnitt ziemlich eng war, ging das nicht so leicht. Als Mädchen hätte er das vielleicht schaffen können; dann hätte er die Ausrede gehabt, dass er den Pullover anprobieren wollte. Mike hängte ihn wieder an das Gestell und sah zu der Verkäuferin hin. Sie erwiderte seinen Blick, lächelte wieder und ging daran, einen großen, braunen Karton auszupacken. Mike schaute sich um. Niemand sah zu ihm her. Er griff wieder nach dem Pullover und zog ihn vom Bügel herunter, knüllte ihn zusammen, stopfte ihn unter den linken Arm in seine Jacke und ging geradewegs auf die Tür zu.

41

G E M M A

Was sie haben wollte

Allmählich konnte Gemma etwas erkennen. Sie sah nicht mehr durch das Schaufenster in den Laden, sondern betrachtete ihr Spiegelbild in der Glasscheibe. Ihr normales Alltagsgesicht war einer Maske der totalen Verzweiflung gewichen. Die Brust wurde ihr so eng, dass es wehtat. Gemma schluckte, wandte den Blick aber nicht ab. Das alles war dazu gedacht gewesen, sie glücklich zu machen. Dafür zu sorgen, dass sie unter allen Umständen bekam, was sie haben wollte. Aber wie sah sie jetzt aus! Es war, als explodierte in ihrem Gesicht ihre Vernunft, die Normalität, ihr ganzes Leben. Und in diesem Augenblick wurde ihr bewusst, dass sie jetzt nicht mehr das war, was ihre Mutter oder auch ihr Vater aus ihr gemacht hatten. Was sie jetzt war, hatte sie alles selbst verursacht.

Es kam kein greller Blitz vom Himmel, und es gab auch keinen Donnerschlag, nur die klare Erkenntnis, dass sie ausnahmsweise einmal ehrlich zu sich war. Um nicht verletzt zu werden, war sie zu etwas geworden, was ihr gar nicht entsprach. Und damit hatte sie sich nur umso schlimmer verletzt. Es war, als hätte sie sich buchstäblich ins eigene Fleisch geschnitten.

Sie musste etwas unternehmen. Und zwar schnell. Sofort. Etwas, womit sie alles wieder zurechtrückte, die Situation – und sich selbst – wieder ins rechte Lot brachte. Sonst würde sie für immer in einer Spirale aus Schuld und Verzweiflung feststecken.

Gemma atmete tief durch und trat einen Schritt auf den Eingang zu, blieb dann aber wie erstarrt stehen, als die Tür aufging und Mike herauskam. Seine Jacke war unter einem Arm auffällig ausgebeult. Gemma wich vor ihm zurück. Sie ging rückwärts, einen Schritt nach dem anderen, bis sie sich schließlich umdrehte. Aber sie kam nicht mehr dazu, die Flucht zu ergreifen. Die Ladentür ging wieder auf. Die Glocke hallte wie eine Kirchenglocke.

„Du! Komm doch mal her!“

Gemma drehte sich um. Eine Verkäuferin, die sie noch nie zuvor gesehen hatte, kam aus der Boutique und legte Mike die Hand auf die Schulter. Gemma bückte sich und band ihren Schnürsenkel zu.

„Was hast du da unter der Jacke?“, fragte die Verkäuferin zornig.

„Nichts. Lassen Sie mich los!“ Mike versuchte sich loszureißen, aber die Verkäuferin hielt ihn mit eisernem Griff fest.

Und dann fiel der Pullover zu Boden.

Gemma richtete sich wieder auf, machte kehrt und ging davon.

„Mrs Spiner, holen Sie die Polizei!“, rief die Verkäuferin in den Laden.

Gemma ging weiter. Am liebsten wäre sie gerannt, aber sie zwang sich dazu, ganz langsam und ruhig zu gehen.

„Du da!“, rief die Verkäuferin hinter ihr her.

Bevor Gemma sich umdrehte, setzte sie eine neugierige Miene auf und achtete darauf, dass ihr Gesicht sonst nichts verriet. Erst dann wandte sie sich der Frau zu.

„Kennst du diesen Jungen?“, fragte die Verkäuferin.

Gemma schaute Mike an. Er erwiderte ihren Blick ohne ein Wort zu sagen.

„Ihr tragt die gleiche Schuluniform, also geht ihr in die-

selbe Schule“, sagte die Verkäuferin ungeduldig. „Was ist jetzt – kennst du diesen ... diesen Dieb?“
Gemma sah, wie Mike bei diesem Wort zusammenzuckte, als hätte die Verkäuferin ihm ins Gesicht geschlagen.
„Na?“
„Nein“, flüsterte Gemma.
„Bitte?“
„Nein, ich kenne ihn nicht“, gab Gemma zurück.
Und damit machte sie kehrt und rannte davon.

42

MIKE

Verstehen

Die Bank war hart. Im Zimmer war es heiß und stickig. Mike hätte liebend gern jemand gebeten die Heizung herunterzudrehen. Warum wurde so stark geheizt? Ihm wurde noch schlecht, wenn die Heizung nicht bald abgestellt wurde.

„Bist du jetzt so weit, dass du mir sagst, wie du heißt?"

Mike schaute hoch. Hinter einem großen Schreibtisch saß ein Polizeibeamter. Sergeant Wilson? Der Sergeant hatte Mike seinen Namen genannt, aber Mike hatte kaum etwas mitbekommen. Wilson ... Doch, das dürfte stimmen.

„M... Mi..." Michael schluckte schwer und versuchte es noch mal. „Michael Woods."

„Schön. Jetzt kommen wir doch voran." Sergeant Wilson griff nach einem Stift und fing an zu schreiben. „Und die Adresse?"

Voller Entsetzen schüttelte Mike den Kopf. Auf keinen Fall. Er wollte Gramps und Nan nicht mit hineinziehen. Das hatte nichts mit ihnen zu tun. Und was würde passieren, wenn sie davon erfuhren? Sie würden es bedauern, ihn aufgenommen zu haben. Er sah sie vor sich, sah den Ausdruck auf ihren Gesichtern, der besagte: Genau wie seine Mutter – der Apfel fällt nicht weit vom Stamm. Und das Schlimmste daran war, dass das überhaupt nicht stimmte. Er war nicht wie seine Mutter. Vielleicht so wie sein Vater, aber nicht wie seine Mutter. Mum hatte etwas Besseres verdient als so einen Sohn.

Wenn Mike aufhören könnte zu existieren, einfach so, mit einem Fingerschnipsen, dann hätte er das ohne zu zögern getan.
„Komm schon, Junge. Deine Adresse? Früher oder später kriegen wir sie ja doch raus. Du kannst sie uns also auch gleich sagen."
Mit gesenktem Kopf stieß Mike die Straße hervor. Seine Stimme schaffte es nicht über ein Flüstern hinaus, aber das machte nichts – der Sergeant hatte ihn dennoch verstanden.
„Du lebst bei deinen Eltern?"
Mike schüttelte den Kopf. „Bei den ... meinen Großeltern."
„Und wie heißen sie?"
Mike gab die Namen an.
„Und sie haben Telefon?"
Mike nickte.
Sergeant Wilson wartete geduldig. Widerstrebend sagte Mike ihm schließlich die Telefonnummer.
„Gut. Wir rufen sie jetzt an. Dann können sie kommen und dich abholen."
Mike ließ den Kopf hängen. Er wollte niemanden ansehen. Und er wollte von niemandem gesehen werden. Wo war er hier? Er befand sich in etwas, was sich Polizeigewahrsam nannte. Aber wie war er hierher gekommen? Er versuchte sich zu erinnern, aber in seinem Kopf schwirrten nur lose Bildfetzen herum. Er wusste nicht mehr alles, was vorgefallen war, erinnerte sich nur an Augenblicke. Es war, als machte sein Gehirn einzelne Fotos anstatt alles aufzunehmen. Er erinnerte sich daran, wie ihn die Verkäuferin in den Laden geschleift hatte. Er erinnerte sich an ihre Finger, die sich so tief in seine Schulter bohrten, dass sein ganzer Oberarm anfing zu kribbeln. Und er würde nie vergessen, wie sie ihn angesehen hatte – als wäre er etwas, was gerade unter ei-

nem dreckigen Stein hervorgekrochen war. Vor Abscheu hatte sich ihr ganzer Körper versteift.
Die Polizei war schon nach kurzer Zeit eingetroffen, und die Beamten belehrten ihn über seine Rechte. Das war wie im Fernsehen – nur dass ihm sein eigenes Blut so laut in den Ohren rauschte, dass er nichts mehr hören konnte. Ein Polizist fragte ihn etwas. Das konnte Mike daran erkennen, dass er ihn erwartungsvoll ansah, nachdem er zu Ende gesprochen hatte. Mike nickte unsicher ohne zu wissen, was er soeben bejaht hatte. Der Polizeibeamte schien jedoch ganz zufrieden. Und dann saß Mike hinten in einem Polizeiwagen und hatte zwei Polizisten vor sich. Der eine sah sich immer wieder nach ihm um und schüttelte den Kopf.
Im Auto hatte Mike kein Wort gesprochen. Wilde Panik hatte ihn erfasst, und die Stimme versagte ihm. Jetzt war er auf dem Polizeirevier und saß auf einer Bank, die an die Wand gerückt war. Hinter einer Theke gab es noch einen weiteren Polizeibeamten. Man hatte ihn mit Fragen bombardiert. Die meisten wurden mindestens dreimal gestellt, bevor sie zu ihm durchdrangen. Und es hatte lange gedauert, bis ihm seine Stimme wieder gehorchte.
Mike schloss die Augen und lehnte den Kopf an die Wand. Seine Mutter fehlte ihm so sehr, dass es richtig wehtat. Wenn er doch nur etwas tun könnte, irgendetwas, damit der Schmerz aufhörte ...
Jemand setzte sich neben ihn. Mike machte die Augen wieder auf und sah, dass es Gramps und Nan waren. Gramps schüttelte den Kopf. Nan breitete die Arme aus, und ohne zu zögern warf Mike sich hinein. Sie drückte ihn so fest, dass er kaum noch Luft bekam, aber das war ihm egal. Er rührte sich nicht von der Stelle.
„Ich würde das gern verstehen, Mike. Hilf mir dabei. Sag mir, warum du das gemacht hast“, sagte Gramps.

Am liebsten hätte Mike die Augen zusammengekniffen und sich die Ohren zugehalten. In Gramps' Stimme lag ein Schmerz, vor dem er fliehen wollte. Er löste sich von Nan, und dabei sah er, wie sie sich schnell abwandte um sich über die Augen zu fahren. Das war noch schlimmer.
„Ich versteh's nicht", sagte Gramps noch mal. „Wieso wolltest du einen ... einen Pullover stehlen – und noch dazu einen Damenpullover?"
Mike starrte zu Boden, betrachtete den abgeschabten blauen Teppich zu seinen Füßen und gab keine Antwort.
„Warum hast du das gemacht, Mike?", fragte Nan. „Sag uns den Grund."
Weil mir nichts anderes übrig blieb. Weil ich nicht wollte, dass ihr von mir eine noch schlechtere Meinung bekommt. Weil ihr nicht die Wahrheit über mich erfahren solltet – die Wahrheit, die ich vor allen geheim halte, hinter die Gemma jedoch gekommen ist.
Welchen Grund sollte er nennen? Einen davon? Alle? Mike blieb stumm.
„Ich schäme mich so." Gramps' Tonfall wurde bitter. „Noch nie, kein einziges Mal in meinem Leben, hatte ich mit der Polizei zu tun. Und jetzt bin ich hier, weil mein Enkel zum Dieb geworden ist."
Schweigen.
„Hast du schon mal einen Ladendiebstahl begangen?"
Mike sah ihn an.
„Na? Hast du das auch früher schon gemacht?"
„Nein. Noch nie", flüsterte Mike.
„Warum in drei Teufels Namen fängst du dann jetzt damit an? Warum sagst du es nicht einfach, wenn du einen Pullover brauchst? Deine Nan und ich hätten dir einen gekauft."
„Es tut mir Leid."
„Es tut dir Leid!", stieß Gramps hervor. „Davon kann ich mir auch nichts kaufen!"

Mike wandte den Blick ab. Gramps hatte Recht. Eine Entschuldigung war nutzlos. Unzureichend und erbärmlich. Das ganze letzte Jahr hatte er immer wieder beteuert, wie Leid es ihm tat. Tut mir Leid, Mum. Tut mir Leid, Mum. Tut mir Leid, Mum. Und sie war immer noch im Gefängnis. Eine Entschuldigung konnte absolut nichts bewirken.

43

G E M M A

Ins rechte Lot

Gemma stand draußen vor Mikes Haus und versuchte den Mut aufzubringen, an der Tür zu klingeln. Seit einer halben Stunde stand sie da, hatte sich bisher aber noch nicht dazu durchringen können.
Na los. Mach schon, wies sie sich streng an.
Es war jetzt dunkel und kalt. Gemma schaute zum klaren, dunklen Himmel empor. Es sah aus, als gäbe es nur einen einzigen Stern da oben. Nein, das war gelogen ... Je länger sie hinsah, desto mehr Sterne entdeckte sie. Schließlich war der Himmel fast mehr silbern als nachtblau. Millionen von Sternen, die seit Millionen von Jahren leuchteten.
Gemma holte tief Luft und drückte schnell auf die Klingel, bevor sie es sich wieder anders überlegen konnte. Im Flur ging Licht an. Gemma schluckte schwer. Es wäre so leicht, einfach kehrtzumachen und wegzulaufen, den ganzen Weg bis nach Hause zu rennen. Aber das konnte sie nicht machen.
Die Tür ging auf. Warme Luft schlug Gemma entgegen. In der Tür stand eine ältere Frau. Sie trug einen blauen Rock mit einer weißen Rüschenbluse, und ihr Gesicht sah aus, als lächelte es gern. Im Augenblick konnte davon allerdings nicht die Rede sein. Sie runzelte die Stirn, als sie Gemma sah.
„Guten Abend. Ist ... ist Mike da?"
„Er macht sich gerade zum Schlafengehen fertig." Die Frau musterte Gemma mit neugierigem Blick.

„Sie sind bestimmt Mikes Großmutter. Ich heiße Gemma und bin Mikes ... ich gehe mit Mike in dieselbe Klasse.“ Gemma atmete wieder tief durch. „Könnte ich ihn bitte mal sprechen?“
„Das halte ich für keine gute Idee.“ Mikes Großmutter schüttelte den Kopf. „Ihr seht euch ja morgen in der Schule.“
„Oh, bitte. Es ist wirklich wichtig.“
„Nein. Wir hatten alle einen ...“
„Es dauert nicht lange, Ehrenwort. *Bitte?*“
Mikes Großmutter sah sie prüfend an. Lange Sekunden verstrichen. „Also gut, komm herein“, sagte sie schließlich.
Gemma trat ins Haus. Als die Eingangstür hinter ihr ins Schloss fiel, fuhr sie erschrocken zusammen.
„Mike? Hier ist Besuch für dich“, rief Mikes Großmutter die Treppe hinauf.
Kurz darauf tauchte Mikes Kopf über dem Treppengeländer im Obergeschoss auf. Kaum hatte er Gemma gesehen, verfinsterte sich sein Gesicht. „Was machst du denn hier? Was willst du?“
„Mike!“, sagte seine Großmutter mahnend.
„Kann ich mit dir sprechen ... bitte?“, fragte Gemma. Sie versuchte gar nicht erst, die Verzweiflung in ihrer Stimme zu unterdrücken. Er musste mit ihr reden. Er *musste.*
„Nein. Ich hab dir nichts zu sagen. Und wenn du aus Schadenfreude gekommen bist, dann freu dich gefälligst woanders und nicht ausgerechnet hier bei mir zu Hause.“
„Ich bin nicht schadenfroh.“
„Weißt du etwas von dieser Geschichte vorhin?“, fragte Mikes Großmutter und nahm Gemma erneut in Augenschein, betrachtete sie mit zusammengekniffenen Augen. „Wie heißt du doch gleich?“

„Gemma. Gemma Elliott." Gemma spürte, wie ihr die Röte ins Gesicht stieg.
„Bist du Mikes Freundin?", fragte die alte Dame weiter.
Noch nie in ihrem Leben war Gemma so verlegen gewesen. „*Nein!* Nein. Nein", beteuerte sie schnell. „Ich ... nein."
„Weißt du etwas von dem, was vorhin passiert ist?", fragte Mikes Großmutter erneut.
Mike kam wie der Blitz die Treppe heruntergesaust, ohne sich darum zu kümmern, dass er seinen Schlafanzug anhatte. „Nan, das geht schon in Ordnung. Ich rede mit ihr. Du kannst jetzt wieder ins Wohnzimmer gehen."
„Ich ..." Mikes Großmutter war jedenfalls nicht dumm. Sie hatte offensichtlich gemerkt, dass Mike mit Gemma allein reden wollte.
Gemma zwang sich dazu, nicht von der Stelle zu weichen. Mike sah aus, als hätte er sie am liebsten gepackt und zur Tür hinausgeworfen.
„Möchtest du etwas trinken, solange du hier bist?", fragte Mikes Großmutter.
„Nein, vielen Dank." Gemma schüttelte den Kopf und sah dann wieder zu Mike hin. Er wartete, bis seine Großmutter im Wohnzimmer war. Erst dann fing er an zu sprechen, aber nur ganz leise, im Flüsterton.
„Bist du jetzt zufrieden? Hast du erreicht, was du wolltest?", fragte er bitter.
„Was meinst du damit?"
„Man hat mich aufs Polizeirevier gebracht."
„Ich ... Das hab ich nicht gewollt ..."
„Das will ich gar nicht hören. Ich möchte, dass du gehst. Geh einfach. Und komm nicht wieder."
„Mike, bitte. Ich bin gekommen, um ... um mich zu entschuldigen. Es tut mir Leid. Ich ... ich hab nicht nachgedacht."
„O doch!", gab Mike zurück. „Du wolltest den Pullover,

oder du wolltest, dass ich Ärger kriege. Und was von beidem, war dir ziemlich egal."
Gemma wollte widersprechen. Sie machte den Mund auf, brachte aber kein Wort heraus. Er hatte ja Recht, und das wussten sie auch beide.
„Also, damit du's weißt: Die Polizei hat mich verwarnt. Du findest es bestimmt schade, dass ich nicht sofort verhaftet und eingesperrt wurde. Das hätte dir gefallen, nicht wahr?"
„Nein, ich ... ich bin froh, dass man dich nicht verhaftet hat", sagte Gemma.
Aber Mike hörte ihr kaum zu. „Gramps und Nan sind allerdings sehr enttäuscht von mir. Wahrscheinlich werden sie mir nie wieder über den Weg trauen. Gramps hat mir zwei Stunden lang einen Vortrag darüber gehalten, dass er sich noch nie im Leben so geschämt hat. Und Nan ... und Nan ..." Mikes Stimme versiegte, und Gemma sah, dass er mühsam schluckte. „Nan hat *geweint.*"
„Mike, ich ..." Gemma streckte die Hand aus. Und ehe sie sich's versah, berührte sie Mike am Arm.
Mike machte einen Satz rückwärts, als wäre ihre Hand glühend heiß. „Raus hier. Mach schon. Hau ab!"
Gemma ließ die Hand sinken. Sie wollte noch so vieles sagen, aber sie hatte keine Worte dafür.
Sie bekam auch gar keine Gelegenheit mehr, noch etwas zu sagen. Mike machte kehrt und ging wieder nach oben. Gemma sah ihm nach, bis sie ihn nicht mehr sehen konnte. Dann verließ sie das Haus. Sie hatte noch einen langen Heimweg vor sich.

44

M I K E

Alle wissen Bescheid

Als Mike die Tür aufmachte, wurde es in der Klasse schlagartig still. Alle Augen waren auf ihn gerichtet.
Sie wissen alle Bescheid, dachte Mike voller Angst.
Was sollte er tun? Er senkte den Kopf so tief, dass er nur den Fußboden sehen konnte. In dieser Haltung ging er zu seinem Tisch und setzte sich. Kane schob seine Tasche von Mike weg, zur anderen Tischseite hinüber.
Schweigen.
„Stimmt es, dass man dich in der Boutique *New Girl* beim Stehlen erwischt hat?“, fragte Kane. Seine Stimme hallte wie ein Glockenschlag durch die Stille.
Mike sah Kane an. Er schaute sich in der Klasse um. Alle warteten auf seine Antwort.
„Ich hab nicht gestohlen“, widersprach Mike.
Wie hatten die anderen das erfahren? Gemma. Offenbar hatte sie ihre Drohung wahr gemacht und allen Bescheid gesagt. Zu allem Übel hatte sie ihn auch noch verpetzt. Mike drehte sich zu ihr um und funkelte sie böse an. Gemma schüttelte langsam den Kopf. Verwirrt wandte sich Mike den anderen in der Klasse zu.
„Was hat die Polizei gemacht, nachdem sie dich aufs Revier mitgenommen hatte?“, fragte Kane weiter.
„Ich bin kein Dieb“, wiederholte Mike.
„Doch. *New Girl* gehört meiner Mutter“, rief Robyn quer durch die Klasse. „Sie hat mir alles erzählt. Ich konnte es kaum glauben, als sie mir den Namen des Jungen sagte, den die Polizei mitgenommen hat.“

„Ich ...“ Mike war zutiefst erschrocken. Jetzt wurde ihm klar, warum ihm die Inhaberin von *New Girl* so bekannt vorgekommen war. Und warum Gemma darauf bestanden hatte, dass er den Pullover ausgerechnet in diesem Laden stahl. Das war ihre Rache dafür gewesen, dass Robyn sie nicht zu ihrer Geburtstagsparty eingeladen hatte. Und sie hatte ihn dazu benutzt, die Drecksarbeit für sie zu erledigen. Wie sehr musste sie ihn hassen – und auch alle anderen in der Klasse.
„Meine Mutter sagt, dass du dich im Laden nie wieder blicken lassen darfst“, fügte Robyn mit kalter Stimme hinzu. „Und du sollst dich auch von mir fern halten. Sie will zur Schulleitung gehen und darum bitten, dass ich in eine andere Klasse versetzt werde.“
„Ich bin kein Dieb!“, zischte Mike. „Lass mich in Ruhe.“
„Nichts lieber als das!“ Robyn wandte sich von ihm ab. Aber zuerst sorgte sie dafür, dass ihr Gesichtsausdruck Mike in aller Deutlichkeit zeigte, was sie von ihm hielt.
Die anderen starrten ihn weiter an.
„Ich bin kein Dieb!“, schrie Mike ihnen zu.
Sie glaubten ihm kein Wort. Aber er war kein Dieb. Er *war* kein Dieb. Wenn Gemma nicht gewesen wäre, hätte er den Pullover niemals mitgehen lassen. Auf so einen Gedanken wäre er gar nicht gekommen. In seinem Inneren, im Grunde seines Herzens, war er kein Dieb. Im Grunde seines Herzens war er ... noch etwas viel Schlimmeres.
Mr Butterworth kam im Sturmschritt in die Klasse. „Entschuldigt bitte die Verspätung. Okay, schlagt die Englischbücher auf. Wir beschäftigen uns heute mit dem zwölften Kapitel.“
Mike wühlte in seiner Tasche nach seinem Arbeitsbuch. Als er aufschaute, sah er Kanes Blick auf sich ruhen.
„Ich hätte dich nie für einen Dieb gehalten“, stellte Kane sachlich fest.

„Sprich nicht weiter. Lass mich raten. Du willst nicht mehr mein Freund sein."
„Wir können trotzdem Freunde bleiben." Kane zuckte mit den Schultern.
Aber nicht solche Freunde wie zuvor. Das war Mike klar.
Was sollte er jetzt machen? In Darlington hatte man ihn wie einen Aussätzigen behandelt, nachdem seine Mutter verhaftet worden war. Ihm war gar nichts anderes übrig geblieben, als hart zu werden – noch härter als die Leute um ihn herum. Nur so hatte er überleben können. Er hatte geglaubt, dass mit seinem Umzug hierher zu Gramps und Nan alles anders werden würde. Er würde den anderen nicht dauernd etwas vorspielen müssen, was er gar nicht war. Er konnte er selbst sein. Aber auch das hatte nicht funktioniert.
Gesichter tauchten vor ihm auf, schwirrten um ihn herum. Gramps' Scham. Nans Enttäuschung. Robyns Verachtung. Kanes Misstrauen. Wie konnte er damit leben? Und diesmal konnte er nicht wieder wegziehen und einen neuen Anfang machen – es gab keinen Ort mehr, wo er hinkonnte.

45

GEMMA

In Ordnung

Gemma stand ein paar Meter hinter Mike und sah ihm zu, wie er allein auf ihrer Lieblingsbank im Schulhof saß. Sie ging zu ihm.

„Mike, ist alles in Ordnung mit dir?“, fragte sie.

Sie wartete auf Antwort. Nichts. Schließlich ging sie um die Bank herum, stellte sich vor Mike hin und wiederholte die Frage. Wieder nichts. Gemma war sich noch nicht mal sicher, ob Mike sie überhaupt wahrgenommen hatte. Sein Gesicht machte ihr Angst. Es war zu einer Maske erstarrt und spiegelte totale Resignation wider. Gemma kannte diesen Ausdruck, weil sie ihn unzählige Male in ihrem eigenen Spiegelbild gesehen hatte.

„Mike?“

Er stand auf und ging davon. Nach kurzem Zögern lief Gemma ihm nach. Als sie ihn eingeholt hatte, gingen sie schweigend nebeneinanderher, bis Gemma merkte, dass Mike zum Tor wollte. Es war erst Mittag, und er wollte die Schule verlassen. Das würde furchtbaren Ärger geben. Vielleicht schloss man ihn sogar eine Zeit lang vom Unterricht aus. Fast hätte Gemma über ihre eigenen Gedanken gelacht, nur waren sie leider nicht wirklich komisch. Mike konnte gar nicht mehr Ärger bekommen, als er sowieso schon hatte. Dafür hatte sie gesorgt.

„Mike, wo willst du hin?“

Er wandte sich zu ihr um. Nein, das stimmte nicht. Er drehte sich zwar in ihre Richtung, aber seine Augen sahen durch sie hindurch.

„Nirgends. Ich geh nur spazieren. Verschwinde.“
„Du kannst jetzt nicht aus der Schule abhauen. Mike, hör doch zu.“
„Ich hab gesagt, du sollst verschwinden!“ Ohne Vorwarnung fing Mike an zu schreien.
Gemma fuhr erschrocken zusammen und wich einen Schritt zurück, blieb dann aber stehen. So leicht ließ sie sich nicht verjagen. Aber Mike ignorierte sie schon wieder, sah stur geradeaus. Dann machte er das Tor auf und ging auf die Straße hinaus. Gemma schaute sich verzweifelt um, aber es war weit und breit niemand zu sehen. Jedenfalls niemand, den sie kannte. Niemand, den sie herbeirufen konnte, damit er ihr half. Ihr blieb nichts anderes übrig, als Mike zu folgen. Sie versuchte ihn wieder auf das Schulgelände zu ziehen, aber er entwand sich ihrem Griff ohne sie dabei auch nur anzusehen.
„Lauf mir nicht dauernd hinterher“, sagte Mike, als sie am Ende der Straße angelangt waren.
Gemma gab keine Antwort, war aber fest entschlossen, ihn nicht aus den Augen zu lassen. Sein Gesichtsausdruck ließ sie das Schlimmste befürchten. Und dass sie schuld daran war, machte alles nur noch schrecklicher.
Mehrere Minuten lang gingen sie schweigend weiter. Mike legte ein Tempo vor, als trainierte er für die Olympischen Spiele. Gemma bekam Seitenstiche, aber sie wollte unter keinen Umständen aufgeben. Sie versuchte gleichmäßig zu atmen und konzentrierte sich darauf, mit Mike Schritt zu halten. Diese beiden Dinge füllten ihren Kopf vollständig aus; für etwas anderes war kein Platz mehr.
„Ich hab gesagt, du sollst verschwinden!“ Mike blieb stehen und sah sie hasserfüllt an.
Gemma schüttelte den Kopf.
Mike drehte sich um und marschierte wieder los. Wuss-

te er, wohin er ging? Wohl kaum. Gemma nahm an, dass ihm das ganz egal war. Er wollte einfach nur fort. Und selbst wenn sie nicht bei ihm wäre, würde er das trotzdem versuchen. Gemma zerbrach sich den Kopf, was sie tun sollte. Wenn er doch nur mal eine Pause einlegen würde, damit sie einen klaren Gedanken fassen konnte.
Als Mike in den Uferweg einbog, loderte zum ersten Mal Panik in ihr auf. Was wollte er hier? Der Weg führte am Kanal entlang, und hier gab es nichts als Müll, der ins Wasser gekippt worden war. Ausrangierte Einkaufswagen und ähnlich hässlicher Schrott, den man sich besser nicht so genau ansah.
An manchen Stellen war der Kanal niedrig und tückisch, mit Schaum auf dem Wasser – an anderen Stellen wiederum war er tief, dunkel und undurchdringlich trüb. Ein Fußgängersteg, der mindestens ein Stockwerk hoch über dem Wasser ragte, war auf einer Strecke von einem dreiviertel Kilometer die einzige Brücke. Und selbst der Steg war abstoßend. Dreckig und mit Graffiti übersät, war er – gelinde gesagt – ein Schandfleck. Gemma war schon seit fast einem Jahr nicht mehr hier in der Gegend gewesen, und es hatte sich nichts verändert. Wenn überhaupt, war es nur noch schlimmer geworden. Warum also war Mike hierher gekommen? Seine Großeltern wohnten nicht in diesem Teil der Stadt.
Mike ging auf den Steg, der über den Kanal führte, hielt aber in der Mitte an. Gemma blieb neben ihm stehen und sah zu, wie Mike in das trübe, graubraune Wasser hinunterstarrte, das sich viele Meter unter ihm befand. Ihre Panik schlug jetzt in Todesangst um. Warum war er stehen geblieben? Gemma war nicht damit einverstanden gewesen, dass er die Brücke betrat. Aber jetzt wünschte sie sich sehnlichst, er würde weitergehen.

Die Zeit, die sie dort oben standen, kam Gemma wie eine Ewigkeit vor. Sie schwiegen beide. Gemma fiel nichts ein, was sie sagen könnte, und für Mike war Gemma gar nicht da. Er war allein in seinem Elend. Er war nirgends. Gemma sah jede Linie, jeden Zug in Mikes Gesicht und konnte darin lesen. Es war, als sähe sie wieder durchs Schaufenster von *New Girl*.

„Hier soll es ziemlich tief sein", sagte Mike leise. Das sagte er aber nicht zu ihr; er führte Selbstgespräche.

Er würde doch keine Dummheiten machen, oder? *Bitte lass ihn keine Dummheiten machen.*

„Vielleicht ist es gar nicht so tief. Das Wasser ist so dreckig, dass man das gar nicht beurteilen kann", würgte Gemma hastig hervor.

„Das heißt also, dass man entweder ertrinkt oder sich das Genick bricht ..." Auf Mikes Gesicht lag ein seltsam entrücktes Lächeln. Bei diesem Lächeln gefror Gemma das Blut in den Adern.

Bitte lass ihn keine Dummheiten machen ...

Konnte sie ihn zurückhalten, wenn er etwas ... Unbedachtes tat? Wohl kaum. Doch schlimmer als das Gefühl, völlig hilflos zu sein, war das Wissen, dass er *ihretwegen* hier war. Wenn er sich wirklich etwas antat – wie sollte sie damit weiterleben? Das konnte sie nicht. Das würde sie nicht fertig bringen.

„Mike, gehen wir zur Schule zurück – okay?"

„Dort geh ich nie wieder hin." Seine Worte klangen so entschieden, dass Gemma bis ins innerste Mark erschrak.

„Mike, hör zu. Es tut mir Leid. Ich sag allen die Wahrheit. Dass es nicht deine Schuld war. Wenn ich den anderen alles erkläre, werden sie es bestimmt verstehen."

„So wie du's verstanden hast?"

Gemma wusste nicht so recht, was sie sagen sollte. „Komm, wir gehen zur Schule zurück. Wir sprechen mit

Mr Butterworth, und ich sag ihm die Wahrheit – Ehrenwort."
„Ich hab kein Geld mehr."
„Ich will dein Geld nicht!", schrie Gemma ihn an. „Hör endlich mit deinem Geld auf!"
„Was willst du denn sonst von mir? Ich hab doch nichts."
„Ich ..."
„Das ist auch egal. Verschwinde, Gemma. Ich will jetzt allein sein."
Ihr blieb fast das Herz stehen. „Wie meinst du das?"
„Ganz so, wie ich's gesagt habe. Du wirst dir einen anderen suchen müssen, den du quälen kannst." Mike lachte bitter auf. „Diesen Trost hab ich immerhin. Du kannst mir nichts mehr anhaben." Er ließ seine Schultasche von der Schulter gleiten und warf sie auf die Brücke.
Gemma packte ihn am Arm. „Mike, bitte. Gehen wir doch einfach zurück zur Schule."
„Damit du Mr Butterworth die Wahrheit sagen kannst?"
„Ja. Das mach ich, ehrlich."
Mike sah sie mit flammenden Augen an. „Tja, du wirst deinen Spaß ohne mich haben müssen. Geh du allein zu ihm und erzähl ihm die wahre Geschichte."
Mike schwang sich auf die hüfthohe Mauer, die als Brückengeländer diente. Mit dem Rücken zum Kanal setzte er sich darauf und ließ die Beine über seiner Schultasche baumeln.
„Ich muss einfach nur allein sein", flüsterte er vor sich hin.
Gemma sah auf das Wasser im Kanal hinunter, konnte den Anblick aber nicht ertragen und wandte sich ab. Ob Mike schwimmen konnte? Die Antwort darauf war sonnenklar.
Nicht, wenn er nicht wollte.

Gemma schaffte nur ungefähr drei Schwimmzüge, danach wurde es problematisch für sie. Und immer noch war kein Mensch in Sicht. Mike schloss die Augen und legte den Kopf in den Nacken. Gemma sah zu, wie er tief Luft holte. Und dann noch mal und noch mal. Er fuhr mit den Fingerspitzen über die raue Oberfläche der Mauer, streckte die Finger und krümmte sie. Dann wurden seine Hände völlig still. Irgendwo in der Ferne ertönte der krächzende Ruf einer Krähe. Mike wandte den Kopf, aber nur ganz kurz. Er schluckte kräftig, schluckte noch mal. Es war, als wollte er jeden seiner Sinne noch ein letztes Mal auskosten. Er beugte sich etwas vor und lehnte sich dann zurück. Mit einem Mal schien er keine Knochen mehr zu haben. Sein Körper schwankte im leichten Wind hin und her, als hätte er keinen eigenen Willen.

Er brauchte sich nur ein bisschen weiter zurückzulehnen ... Er brauchte sich nur mit den Händen abzustoßen ... Mit aller Macht versuchte Gemma diese Bilder aus ihrem Kopf zu verbannen. Sie hielt sich vor, dass sie blöd war, dass ihre Fantasie mit ihr durchging. Mike würde nichts von dem machen, was sie als Horrorvision vor sich sah. Aber sie streckte ganz automatisch die Hand nach ihm aus, und dabei wurde ihr vor Angst ganz schlecht. Sie fasste ihn nicht an; das wagte sie nicht. So etwas konnte den letzten Anstoß geben, genau wie ein falsches Wort.

„Mike, was hast du vor?" Gemma sah sich um, aber es war niemand in der Nähe. Es war überhaupt nichts da. Nur ein warmer Sommertag und Verzweiflung und ein tiefer, dunkler Kanal. Ängstlich beobachtete sie, dass Mike aufhörte zu schwanken. Dann sah er sie an.

„Wieso bist du noch da?"

Gemma brachte keine Antwort heraus.

„Dreh dich einfach um und hau ab – das kannst du doch

so gut. Du brauchst ja niemandem was davon zu sagen, dass du mich überhaupt gesehen hast."
Und immer noch konnte Gemma keinen Ton sagen.
„Los doch. Geh zur Schule zurück. Erzähl Mr Butterworth die Wahrheit über mich." Mike sprach mit eintöniger Stimme. „Sag ihm, dass nicht meine Mutter meinen Vater umgebracht hat. Sag ihm, dass ich es war. Na los, lauf zu ihm hin und sag's ihm."

46

MIKE

Neidisch

„Was ... was redest du denn da?“ Gemma ließ den Arm sinken und starrte Mike voller Entsetzen an.
Mike legte erstaunt die Stirn in Falten. Wieso sah sie ihn so an? Als hätte sie nichts davon gewusst! Seine Miene verfinsterte sich noch mehr. „Lass diese Spielchen, Gemma. Geh zu Mr Butterworth und erzähl ihm die wahre Geschichte. Mir kann's egal sein. Ich bin dann nicht mehr da.“
„Du hast deinen Vater umgebracht?“ Gemma starrte ihn immer noch mit dem gleichen Ausdruck an. Sie hatte den Mund weit aufgerissen, und ihre Augen waren so groß wie Untertassen.
„Ach, komm schon. Das weißt du doch längst.“ Mike wollte der Sache ein Ende bereiten.
„Das wusste ich nicht. Davon hatte ich keine Ahnung“, bestritt Gemma heftig.
„Was soll das denn? Seit ich das Pech hatte, bei dir in der Klasse zu landen, drohst du mir damit, allen die Wahrheit über mich zu sagen.“
„Aber ich habe damit gemeint ... dass du nicht wolltest, dass jemand etwas von deiner Mutter erfährt. Weil sie im Gefängnis ist. Du hast dich offensichtlich für sie geschämt. Davon hab ich gesprochen.“
Mike sah Gemma misstrauisch an, aber der Ausdruck auf ihrem Gesicht konnte nicht gespielt sein.
„Du hast also wirklich nicht ...“ Mike blieb die Stimme weg.

„Natürlich nicht. Ich kenne weder deine Mutter noch sonst wen aus deiner Familie. Ich hab auch dich erst kennen gelernt, als du an unsere Schule kamst. Woher hätte ich das ... das Übrige denn wissen sollen?"
Schweigen.
„Hast du das wirklich ...?" Gemma dämpfte die Stimme. „Hast du deinen Vater wirklich umgebracht?"
Mike schluckte schwer. Er sah Gemma an und nickte.
„Wie ist das passiert? Ich sag's nicht weiter, Ehrenwort."
„Ja, von wegen!" Mike schnaubte höhnisch durch die Nase.
„Du kannst dich drauf verlassen. Ich weiß, du hast keinen Grund, mir zu glauben oder zu vertrauen, aber ich sage es keiner Menschenseele."
„Warum nicht? Mit dieser Information kannst du mich erpressen, bis ich neunzig bin", sagte Mike bitter.
„Das würde ich nie tun."
„Ach nein?" Mikes Gesicht zeigte nur allzu deutlich, was er von dieser Behauptung hielt.
„Schau mich nicht so an", sagte Gemma unglücklich. „Ich glaube, ich hab eine Weile nicht mehr richtig getickt. Aber jetzt bin ich wieder normal – Ehrenwort. Du hast ja keine Ahnung, wie das ist. Ich habe keine Freunde, und in der Schule ist es genauso schlimm wie zu Hause. Es ist die Hölle, wenn die anderen durch einen hindurchsehen oder an einem vorbei, als wäre man gar nicht vorhanden. Als wäre man unsichtbar."
„Es ist noch viel schlimmer, wenn sie einen andauernd anstarren, als läge man unterm Mikroskop", stellte Mike fest.
„Du weißt gar nicht, was für ein Glück du hast", sagte Gemma. „Du hast eine Familie. Deine Mutter und deine Großeltern sorgen sich um dich. Du bist wichtig. Du spielst im Leben anderer eine Rolle. Das war bei mir nie

so. Du weißt wenigstens, dass du wirklich vorhanden bist. Du weißt, dass du *existierst.* Aber ich konnte das nicht von mir behaupten. Und allmählich kamen mir wirklich Zweifel. Es heißt, dass ein Verstorbener so lange am Leben bleibt, wie noch an ihn gedacht wird. Also, ich lebe, aber niemand hat mich bemerkt oder Wert auf meine Anwesenheit gelegt, noch nicht mal mein Vater oder mein Bruder. Sie haben sich nicht um mich geschert – bis ich erfuhr, dass mein Vater meine Mutter davongejagt hatte. Sie ist überhaupt nicht tot. Danach hat mein Vater von mir Notiz genommen, aber nur, weil er ein schlechtes Gewissen hatte. Und das war noch schlimmer. Du weißt nicht, wie es ist, unsichtbar zu sein. Das ist, als wäre man tot und vergessen. Das ist, als würde man überhaupt nicht leben. Stell dir nur mal vor, du müsstest ein solches Leben führen."

Mike konnte sich nicht länger beherrschen. Er funkelte Gemma zornig an. „Einen solchen Quatsch hab ich ja noch nie gehört. Du bist so voller Selbstmitleid, dass für etwas anderes gar kein Platz mehr bleibt, was?"

„Das verstehst du nicht ..."

„Ich verstehe sehr gut. Weil dir wehgetan wurde, wolltest du allen anderen wehtun. Deine Mutter hat dich verlassen. Und alles Schlimme, was dir widerfahren ist, und auch alles Böse, was du gemacht hast, liegt nur daran. Deine Mutter ist schuld. Dein Vater ist schuld. Der Mann im Mond ist schuld."

„Das habe ich nie behauptet", widersprach Gemma, und Tränen stiegen ihr in die Augen. „Wenn ich einen Schuldigen suche, muss ich in den Spiegel schauen. Das hab ich mir schon selbst ausklamüsert."

Mike schaute auf den Kanal hinaus. „Warum bist du dann auf mich losgegangen?", fragte er. „Was hab ich dir getan?"

„Ich habe etwas über dich gewusst, und du konntest

mich deshalb nicht ignorieren.“ Gemma senkte den Kopf. Die nächsten Worte kamen nur als Flüstern heraus. „Das ist schwer zu erklären, aber für dich war ich ein echter, lebendiger Mensch. Und ich wollte jemanden büßen lassen – für all die Leute, die mir das Gefühl gaben, ein Nichts zu sein.“

„Dann hatte ich einfach nur Pech, dass ich zur falschen Zeit am falschen Ort war?“, fragte Mike. In seiner Stimme schwang Verachtung mit.

„Nein. Es ging dabei nicht um *dich*. Es hätte jeder x-Beliebige sein können.“

„Das war gar nicht gegen mich persönlich gerichtet?“

„Aber nein. Ich mag dich doch. Ich meine ...“ Verwirrt und verlegen brach Gemma ab.

„Du *magst* mich? Wenn das ein Zeichen dafür ist, dass du jemanden magst, dann möchte ich nicht wissen, was du tust, wenn du jemanden nicht ausstehen kannst.“ Mike runzelte die Stirn.

Gemma lächelte. Ein Lächeln, das sofort wieder verschwand, aber Mike machte große Augen. Was war so lustig? Dann wurde ihm bewusst, was er gesagt hatte. Und wenn er auch nicht lächelte, so nahm die Verzweiflung, die so lange auf ihm gelastet hatte, doch etwas ab. Sie wurde vielleicht nicht erträglich, aber doch geringer. Warum das so war, konnte er sich selbst nicht erklären. Gemma wusste über ihn Bescheid, und sie hatte es von ihm selbst erfahren. Eigentlich müsste ihm jetzt noch elender zu Mute sein als zuvor, aber das war nicht der Fall. Vielleicht lag das daran, dass er gar nicht mehr tiefer sinken konnte. Was konnte sie ihm jetzt noch anhaben?

„Mike, ich hab dich nie gehasst“, sagte Gemma. „Ich glaube, das war ein Teil des Problems.“

„Da komm ich nicht mehr ganz mit.“

„Du hast alles, was ich nicht habe. Du findest schnell

Freunde. Du bist nicht schüchtern. Die anderen finden dich auf Anhieb nett."
Gemma verstummte. Sie schaute Mike dabei an, aber er wusste, dass sie ihn im Augenblick nicht wirklich sah. Ihr Blick war nach innen gerichtet.
„Ich glaube, ich war in gewisser Weise neidisch", sagte Gemma leise. „Ich hab das nicht gewollt ... Irgendwie ist alles außer Kontrolle geraten. Und für mich war es leichter, wenn ich so tat, als wäre mir alles egal."
Das konnte Mike gut verstehen. Genau das hatte auch er sich eingeredet, als er in die Boutique gegangen war.
„Was war mit deinem Vater?", fragte Gemma.
Mike dachte nach. Es war seltsam, aber jetzt wollte er ihr davon erzählen.
„Hast du ihn wirklich umgebracht?"
Seine Antwort bestand aus einem einzigen Wort. „Ja."

47

GEMMA

Schutz

Gemma wartete darauf, dass Mike weitersprach. Sie spürte, dass sie nicht nachfragen durfte; sonst würde er sich von ihr zurückziehen. Es war so schwer gewesen, ihm all diese persönlichen Dinge zu erzählen. Dinge, die sie noch niemandem anvertraut hatte. Einiges davon hatte sie noch nicht mal sich selbst eingestanden. Aber es war richtig gewesen, dass sie es Mike erzählt hatte. So seltsam das auch war – Gemma wusste sonst niemanden, mit dem sie darüber sprechen konnte.

„Dad wurde vor etwa fünf Jahren arbeitslos“, fing Mike schließlich an. „Das soll keine Entschuldigung sein. Aber es hat dazu beigetragen.“

Gemma nickte.

„Er wollte sich selbstständig machen und verlor dabei seine Abfindung. Als er sich das Geld wiederholen wollte, verlor er nur noch mehr.“

„Wie wollte er es denn wiederholen?“

„Indem er auf die Rennbahn ging und auf alles setzte, was sich bewegte“, sagte Mike voller Verachtung. „Eine Zeit lang hörte ich meine Eltern jeden Abend streiten, und immer ging es um Geld, Geld, Geld. Anfangs zogen sie sich zum Streiten in ihr Schlafzimmer zurück, und ich musste an der Tür lauschen. Aber nach einiger Zeit kümmerten sie sich nicht mehr darum, ob ich sie hören konnte oder nicht.“

Zum ersten Mal stellte sich Gemma die Frage, warum

ihre Mutter gegangen war. War es mit ihr und Dad genauso schlimm gewesen?

„Dann fing Dad mit seinen Spielchen an. Wir mussten mit dem Abendessen auf ihn warten, und er kam immer später nach Hause und beschwerte sich dann, dass das Essen ungenießbar wäre. Wenn Mum und ich fernsahen, schaltete er jedes Mal um. Er musste uns zeigen, wer der Herr im Haus war. Und er begann meine Mutter zu schlagen. Nach dem ersten Mal schwor er, dass das nicht wieder vorkommen würde, und heulte wie ein Schlosshund. Aber danach fing er an zu trinken. Und das war seine Ausrede, es doch wieder zu tun." Mike schnaubte höhnisch durch die Nase. „Hört sich wie eine Soap an, nicht wahr? Aber es war keine. Es war mein Leben – und das meiner Eltern. Mein Vater schrieb Mum und mir auf, was wir zu tun hatten. Wir mussten uns an die Listen halten und alles pünktlich und genau in der richtigen Reihenfolge erledigen, sonst gab es einen Mordskrach. Das ging monatelang so weiter, aber schließlich reichte es Mum. Sie packte unsere Sachen zusammen, und wir wollten weg."

„Wie war dir dabei zu Mute?"

„Ich war heilfroh", sagte Mike leidenschaftlich. „Nach allem, was er Mum und mir angetan hatte, wollte ich ihn nie mehr sehen."

„Und was war dann?"

„Mum war schon im Auto, und alles war fertig zum Aufbruch. Aber dann wollte ich unbedingt noch mal ins Haus, weil wir Brewster vergessen hatten."

„Brewster?"

„Unser Kater. Ich ging ins Haus zurück um ihn zu holen. Als ich ins Wohnzimmer kam, war Dad da. Er war durch den Hintereingang hereingekommen. Und er sah auf den ersten Blick, was los war. Er fragte mich, wo Mum wäre, und ich sagte ihm, dass sie draußen im Auto war.

Sein Gesicht vergesse ich nie ...“ Mike wandte sich ab und schaute auf den Kanal hinaus.

Gemma setzte zum Sprechen an, klappte den Mund aber wieder zu ohne einen Ton gesagt zu haben.

„Er hatte Angst, richtig Angst. Weißt du, Mum hatte schon oft damit gedroht, ihn zu verlassen, aber sie war nie aktiv geworden. Dad schob sich an mir vorbei. Ich wusste, was er vorhatte. Er wollte Mum dazu überreden, bei ihm zu bleiben ... Aber ich wollte nicht, dass es dazu kam. In meiner Verzweiflung versuchte ich ihn festzuhalten, aber er schüttelte mich ab. Und dann ... dann hab ich ihn gestoßen.“

„Wie meinst du das?“ Gemma seh ihn verständnislos an.

„Ich hab ihm einen Stoß verpasst – mit aller Kraft. Warum ich das gemacht habe, weiß ich bis heute nicht. Wahrscheinlich wollte ich, dass er sich umdreht und auf mich einschlägt. Ich wollte ein paar blaue Flecken haben, die ich Mum zeigen konnte, damit sie nicht wieder weich wurde. Aber er ... er fiel gegen den Kaminsims und schlug mit dem Kopf auf. Als er sich nicht mehr bewegte, habe ich ... habe ich ... Panik gekriegt. Ich bin zum Auto gerannt, und wir sind losgefahren.“

„Du hast deiner Mutter nicht gesagt, was passiert ist?“

Mike schüttelte den Kopf.

„Warum nicht?“, fragte Gemma.

„Ich weiß nicht.“ Mike zuckte mit den Schultern, wich ihrem Blick aus. „Nein, das stimmt nicht“, gab er schließlich zu. „Ich weiß es schon. Ich wollte so schnell wie möglich von Dad und dem Haus und der ganzen Straße weg – und auch so weit wie möglich. Ich hatte nicht damit gerechnet, dass er schwer verletzt war. Ich dachte, er hätte einfach nur für eine Weile die Besinnung verloren, und wenn er wieder zu sich kam, wären Mum und ich schon längst weg.“

Schweigen.

„Wann hat deine Mum davon erfahren?"
„Als es in den Nachrichten kam." Mike seufzte. „Unsere Nachbarin, Mrs Everett, sah Dad durch den Hintereingang ins Haus gehen und hörte kurz darauf Mum wegfahren. Als sie Dad fand, hat sie zwei und zwei zusammengezählt."
„Und ist dabei auf siebenunddreißig gekommen", stellte Gemma fest. „Das mit deinem Vater war ein Unfall."
„Aber es war kein Unfall. Verstehst du denn nicht? Ich hatte mir schon so lange gewünscht, er würde verschwinden oder sterben. Und dann ist es passiert, durch mich."
„Du hast ihn gestoßen, und er ist gestürzt. Das war ein Unfall", beharrte Gemma. „Es ist nicht deshalb passiert, weil du es dir gewünscht hast – es sei denn, du hättest zu der Zeit einen Kobold oder sonst ein Zauberwesen in der Tasche gehabt."
Jetzt schaute Mike sie wieder an. Ihre Bemerkung hatte ihn aus der Vergangenheit gerissen und in die Gegenwart zurückgeholt. „Als ich Mum erzählte, wie es wirklich gewesen war, sagte sie, dass die Polizei mir das nie und nimmer abnehmen würde. Sie sagte, ich sollte keinen Ton sagen, wenn die Polizei uns aufspürte. Ich sollte ihr das Reden überlassen."
„Und sie hat die Schuld auf sich genommen?"
Mike nickte. „Als ich dahinter kam, was sie machte, hab ich die wahre Geschichte ausgepackt, aber die Polizei glaubte, ich wollte Mum nur decken. Und dann musste ich ihr versprechen, dass ich niemandem erzählen würde, wie es wirklich gewesen war. Sie sagte, das würde mir mein ganzes Leben kaputtmachen." Mike stieß ein brüchiges Lachen aus. „Wirklich witzig!"
„Und dann bist du mir begegnet, und ich habe alles nur noch schlimmer gemacht", sagte Gemma düster und schüttelte den Kopf.

„Das spielt jetzt keine Rolle mehr."
Minuten verstrichen, ohne dass ein Wort gefallen wäre. Gemma sah zum Wasser hinunter. „Du hast doch nicht vor ... irgendwelche Dummheiten zu machen, oder?"
Mike sprang von der Mauer. Er folgte Gemmas Blick, schaute in den Kanal und sagte nur ein Wort: „Nein."
Ein eiskalter Schauder durchlief Gemma. Wenn sie nicht da gewesen wäre ... „Wenn du es ... gemacht hättest, wär ich dir gefolgt."
Mike drehte sich zu ihr um. Er brauchte nicht erst zu fragen, was sie damit meinte. „Vielleicht war das der Punkt. Ich hätte es nämlich gemacht."
„Ich weiß."
Sie standen beide da und schauten über die Brüstung ins Wasser hinunter.
„Und du hast das mit deinem Dad niemandem erzählt?", fragte Gemma.
„Nein, nicht seit die Polizei und die Bewährungshelfer mir nicht glaubten. Und als Mum davon erfuhr, was ich erzählt hatte, sagte sie, ich sollte sofort damit aufhören. Sie befahl mir, diese Sache niemandem gegenüber zu erwähnen", antwortete Mike.
„Ich hatte auch noch nie jemanden, mit dem ich über meine Gefühle sprechen konnte", gestand Gemma.
Und in diesem Augenblick merkte sie, dass der Schmerz in ihrer Brust weg war. Sie sah Mike an. Er hatte keine große Ähnlichkeit mit einem Sicherheitsventil, aber das war er für sie gewesen. Vielleicht war sie das auch für ihn. Sie hielten beide so viel in ihrem Inneren verschlossen und konnten nie etwas davon herauslassen. Früher oder später hätte es unweigerlich eine Explosion gegeben. Was wäre wohl aus ihnen geworden, wenn Mike nicht zu ihr in die Klasse gekommen wäre? Dieser Gedanke jagte Gemma kalte Schauder über den Rücken.

Sie sah auf und holte tief Luft. Komisch, dass das Wasser so schmutzig aussah, während die Luft so sauber roch. Es war ein strahlend schöner Nachmittag. Der Himmel bewölkte sich und wurde grau, die Luft war schwül und drückend, aber Gemma hatte sich noch nie so wach, so lebendig gefühlt. Heute war der erste Tag vom Rest ihres Lebens. Sie hatte diesen Spruch schon früher gehört, aber erst jetzt konnte sie ihn so richtig verstehen.

Rechts am Kanal verlief der Uferpfad, auf der linken Seite wurde der Kanal von Müll gesäumt, dahinter folgte ein Gestrüpp aus Dornenhecken, Unkraut und Sträuchern. Und hinter dem Buschwerk standen Gebäude. Hauptsächlich Wohnhäuser, mit hohen Bürogebäuden dahinter. Gemma hatte noch nie etwas so Herrliches gesehen. Sie riskierte einen schüchternen Blick zu Mike hinüber. Auch er sah sich um. In diesem Augenblick verharrten sie in Schweigen – getrennt, aber doch zusammen. Das war ein seltsames Gefühl, und Gemma wusste, dass es nicht lange anhalten konnte. Aber solange es dauerte, wollte sie es in vollen Zügen auskosten.

„Wir sollten wieder zur Schule zurück." Sie seufzte.

„Da hast du wohl Recht."

Wortlos gingen sie zurück. Als sie das Schulgelände betraten, sagte Gemma: „Also, bis dann."

„Ja, okay", sagte Mike.

Und sie gingen in entgegengesetzte Richtungen davon, genau in dem Moment, als es zum Ende der Mittagspause klingelte.

48

M I K E

Geschichten

„Robyn, kann ich mal mit dir reden?“

Die ganze Klasse wurde still. Es war schon lange nicht mehr vorgekommen, dass Gemma in der Schule mit jemand anderem als Mr Butterworth gesprochen hatte. Mike schaute sich um. Alle Blicke waren auf Gemma gerichtet. Sie schluckte krampfhaft, als wäre ihr etwas im Hals stecken geblieben. Mike sah, wie ihr brennende Röte in die Wangen stieg. An ihrem Gesichtsausdruck war zu erkennen, dass sie furchtbare Ängste ausstand. Was machte sie nur?

„Worüber?“, fragte Robyn erstaunt.

„Es geht um Mike.“

Mike spürte einen Stich im Herzen. Seit der ... Sache mit dem Kanal war ein ganzer Tag vergangen, und allmählich hatte er geglaubt, dass Gemma es ehrlich gemeint hatte, als sie versprach, niemandem ein Wort zu sagen. Er hätte es besser wissen müssen.

„Er hat den Pullover nicht gestohlen, er hat ihn nur aus dem Laden geholt um ihn mir zu zeigen“, sagte Gemma. „Er wollte mich fragen, ob das ein passendes Geburtstagsgeschenk für seine Großmutter wäre.“

„Aber er hatte den Pullover unter die Jacke gestopft ...“

„Nur weil er glaubte, dass die Verkäuferin ihn mit dem Pulli nicht aus dem Laden lassen würde. Aber er wollte ihn bezahlen.“

„Das kannst du doch gar nicht wissen“, sagte Robyn in einem Ton, als wäre die Sache für sie erledigt.

„Doch", beharrte Gemma. „Er hat es mir selbst gesagt. Außerdem würde er aus dem Laden deiner Mutter nie im Leben etwas mitgehen lassen. Erstens ist er kein Dieb – und zweitens mag er dich dafür viel zu gern." Sie lächelte.

Robyn drehte sich nach Mike um – und alle anderen mit ihr. Es wurde gejohlt und gekichert. Mike wünschte sich sehnlichst, dass sich unter seinem Stuhl ein gewaltiges Loch auftat und ihn gierig verschlang. Hätte sich Gemma nicht etwas Besseres einfallen lassen können?

„Er brauchte den Pullover auch gar nicht zu stehlen, das kann ich beweisen", sagte Gemma. „Das Geld war bei mir. Schau her!" Gemma hielt Robyn einen Briefumschlag hin.

Robyn nahm ihn entgegen. Als sie ihn schüttelte, fiel Geld auf den Tisch.

„Es ist alles da. Zähl ruhig nach, wenn du möchtest", sagte Gemma.

„Ich versteh das nicht." Um Robyns Mundwinkel bildeten sich tiefe Falten. „Wieso hast du sein Geld?"

„Weil Mike es mir zum Aufbewahren gegeben hatte. Aber ihm ist es zu peinlich, dir zu sagen, wie es wirklich war. Das war alles ein Missverständnis. Mike ist kein Dieb. Ich war da. Ich weiß das."

Robyn ging ein Licht auf. „Du bist das Mädchen, das weggelaufen ist, als Helen dich fragte, ob du Mike kennst", stellte sie fest.

„Helen?"

„Die Verkäuferin."

„Ach so. Ich hab nicht gewusst, wie sie heißt. Sie kam wie ein Monster angestürmt. Kaum hatte ich ihr Gesicht gesehen, bin ich auch schon abgehauen." Gemma schüttelte den Kopf. „Das war echt feige. Ich hätte nicht wegrennen dürfen, dann hätte ich gleich erklären können, was hier abging. Aber ehrlich, Robyn, die Frau sah aus, als könnte sie Stuhlbeine durchbeißen!“

„Ja, sie kann ein bisschen grimmig wirken“, bestätigte Robyn trocken.

„Tut mir Leid, dieses ganze Durcheinander. Ich hätte bleiben und alles erklären sollen.“

„Aber warum hat Mike denn nichts gesagt?“ Robyn drehte sich wieder zu Mike um. „Mike, du hättest Helen und meiner Mutter einfach sagen sollen, was du vorhattest.“

Mike zuckte mit den Schultern und warf Gemma einen hilflosen Blick zu.

„Das wollte er ja auch, aber nachdem ich abgehauen war, dachte er, dass ihm sowieso keiner glauben würde. Deshalb hat er nichts gesagt, auch nicht bei der Polizei. Ich fühl mich richtig mies dabei. Und das Schlimmste ist, dass er von mir nichts erwähnt hat, damit ich keinen Ärger kriege. So ein Mensch ist er!“

„Ach, ich verstehe“, sagte Robyn unsicher.

Mike sah sie an. Sie würde diesen Quatsch doch wohl nicht glauben, oder? Aber sie lächelte ihm zaghaft zu, und das ließ darauf schließen, dass es vielleicht doch so war.

„Mir tut das alles sehr Leid. Ich habe eine Menge Ärger verursacht, weil ich abgehauen bin. Das wollte ich nicht“, sagte Gemma. „Und es war auch Mike gegenüber nicht fair.“

„Schon gut“, sagte Robyn freundlich. „Ich erklär's meiner Mutter.“

Gemma nahm das Geld und steckte es wieder in den Umschlag. Sie kehrte an ihren Platz zurück, setzte sich und legte die Hände in den Schoß, wo auch der Umschlag lag. Alle sahen zu ihr hin. Gemma lächelte verlegen.

„Hoppla! Mike, ich geb dir lieber gleich das Geld zurück,

bevor Mr Butterworth kommt. Sonst vergesse ich's noch." Sie beugte sich über den Tisch nach vorn und hielt Mike den Umschlag hin.
Mike konnte es nicht fassen. Sie würde ihm doch wohl nicht wirklich fünfzig Pfund geben, oder? Er machte den Umschlag auf. Darinnen lag ein einzelner Fünf-Pfund-Schein. Irgendwie hatte sie es geschafft, den Rest in die eigene Tasche zu stecken! Mike drehte sich auf seinem Stuhl um und schaute Gemma an.
„Ist alles da?", fragte sie.
„Alles, was du mir schuldest – ja", gab Mike zurück.
„Dann sind wir jetzt also quitt?"
„Noch lange nicht", flüsterte Mike.
„Nein, das wohl nicht", sagte Gemma ernst.
Mike wandte sich wieder nach vorn und kümmerte sich nicht um den forschenden Blick, mit dem Kane ihn ansah.

49

GEMMA

Eine Suchanzeige

„Dad, kann ich mit dir reden?“
Gemmas Vater sah von seiner Zeitung auf.
„Worum geht’s?“
„Zunächst mal ist hier das Geld, das du mir geliehen hast.“
Dad nahm den Umschlag und zählte die Geldscheine.
„Es fehlen fünf Pfund“, sagte er und runzelte die Stirn.
„Ja, ich weiß. Kann ich sie dir später zurückzahlen?“
„Wie’s aussieht, bleibt mir keine andere Wahl.“ Er zog die Augenbrauen hoch. „Erzählst du mir jetzt, warum du dir für einen Tag fünfzig Pfund leihen musstest?“
Gemma schüttelte den Kopf.
„Hat es die Probleme gelöst, von denen du gesprochen hast?“
„Es hat dazu beigetragen“, sagte Gemma.
Ihr Vater seufzte. „Wenn ich nur wüsste, was los war.“
Gemma zuckte mit den Schultern und setzte sich an den Küchentisch. „Ich muss dir etwas sagen, Dad.“
„Ach ja?“ Ihr Vater legte seine Zeitung zusammen. „Das hört sich ja bedrohlich an.“
Gemma holte tief Luft. „Ich werde mich auf die Suche nach Mum machen – und sie finden.“
„Wie bitte?“
„Ich meine damit nicht, dass ich die Straßen auf und ab laufen will um sie zu suchen“, erklärte Gemma hastig. „Aber ich möchte dich bitten, mir dabei zu helfen, eine Suchanzeige aufzugeben. In den Lokalzeitungen der Ge-

gend, wo wir früher gewohnt haben. Damit fange ich an und mache von dort aus dann weiter."

„Ich verstehe."

„Wie ist es, hilfst du mir?"

„Du möchtest das wirklich durchziehen?"

„Ja. Und ich mache es auf jeden Fall, ob mit dir oder ohne dich. Aber ich hätte gern deine Hilfe."

„Ich verstehe", wiederholte er.

Ihr Vater hatte zwar nicht zugestimmt, aber Gemma stellte fest, dass er auch nicht abgelehnt hatte.

„Und ich wollte dich um einen Gefallen bitten", fuhr sie fort.

„Ich geb dir nicht noch mehr Geld."

„Nein, darum geht es nicht. Ich möchte ... Könntest du mir bitte von Mum erzählen?"

Langsam ließ ihr Vater die Zeitung sinken, bis sie auf dem Tisch lag. „Was willst du denn wissen?"

„Alles."

„Hättest du vielleicht Lust auf eine Pizza, während wir reden?", fragte Dad vorsichtig.

„Das wäre toll." Gemma strahlte ihn an.

„Möchtest du eine bestellen oder wollen wir ausgehen?"

Gemma überlegte. „Gehen wir essen."

„Kann ich mitkommen?", ließ sich Tarwin so plötzlich hinter ihr vernehmen, dass sie erschrocken zusammenfuhr. „Das würde ich nämlich auch gern hören."

„Wie lange stehst du denn schon da?", fragte Dad.

„Lange genug!"

„Schleich dich nicht so von hinten an!", fauchte Gemma verärgert.

„Was ist denn los? Hast du ein schlechtes Gewissen?" Tarwin grinste.

Jetzt nicht mehr. Jedenfalls nicht mehr so sehr, dachte Gemma.

„Also dann, holt eure Jacken und auf geht's", sagte Dad.

50

MIKE

Ich muss euch etwas sagen

Mike saß zwischen seinen Großeltern auf dem Sofa. Nan sah sich im Fernsehen die Nachrichten an. Gramps las einen historischen Roman. Mike nahm die Fernbedienung und stellte den Fernseher aus.

„Nan, Gramps, ich muss euch etwas sagen." Mike sprudelte die Worte schnell heraus, bevor er es sich wieder anders überlegen konnte.

„Worum geht's denn, mein Schatz?", fragte Nan.

Schweigen.

„Es geht um die Wahrheit über Mum und Dad und mich", sagte Mike schließlich. „Darum, was damals wirklich passiert ist."

Seine Großeltern sahen sich an.

„Wir hören", sagte Gramps bedächtig.

51

GEMMA

Raus

Gemma, Tarwin und Dad kamen erst spät nach Hause, aber das machte nichts. Schon seit langer, langer Zeit hatte Gemma nicht mehr über so viel Energie verfügt.
Über vieles, was ihr Vater erzählt hatte, musste sie erst noch nachdenken. Er hatte ihr alles gesagt, und einiges davon warf kein besonders gutes Licht auf ihn. Aber Gemma hatte sich ihm und auch ihrem Bruder noch nie so nahe gefühlt. Sie hatten es sogar fertig gebracht, ein paar Witze zu reißen und sich anzulächeln. In den letzten beiden Jahren hatte es bei ihnen viel Krach und Leid gegeben, aber jetzt hatten sie zum ersten Mal seit langem wieder zusammen gelacht.
Als Gemma ihr Zimmer betrat, sah sie als Erstes ihre Alben, die oben auf dem Schrank lagen und langsam verstaubten. Sie kletterte auf ihren Stuhl und holte sie stapelweise herunter, so viele auf einmal, wie sie nur schleppen konnte. Gleich morgen früh würde sie alle in die Mülltonne werfen. Gleich morgen früh.
Nun ja ... vielleicht nicht das Album Nummer sieben! Das war das mit den fröhlich lächelnden Müttern und den Geschichten, die alle gut ausgingen. Auch davon würde sie sich trennen – nur noch nicht gleich. Die anderen aber flogen raus!

52

MIKE

Verdacht

Mike senkte den Kopf. „Jetzt kennt ihr also die Wahrheit“, sagte er.
Eine halbe Stunde lang hatte er seinen Großeltern davon erzählt, wie sein Leben mit Mum und Dad ausgesehen hatte, angefangen von Dads Arbeitslosigkeit bis zu dem Augenblick, als er seinen eigenen Vater umgebracht hatte und es zuließ, dass seine Mutter die Schuld auf sich nahm. Jetzt wartete er darauf, dass die Bombe platzte. Gleich würden Gramps oder Nan den Mund aufmachen und ihm sagen, dass er nicht mehr länger unter ihrem Dach bleiben konnte. Er wartete.
„Jetzt wissen wir also Bescheid.“ Nan seufzte.
„Ich hatte mir schon so was Ähnliches gedacht“, sagte Gramps. „Aber bevor es zu der Gerichtsverhandlung kam, hat deine Mum nur lächelnd mit den Schultern gezuckt, wenn wir uns danach erkundigten, wie’s denn so ging. Und sie hat immer gesagt, dass alles bestens wäre. Ich wollte, sie hätte mehr Vertrauen zu uns gehabt. Ich wollte, sie hätte uns alles gesagt. Michael, das war ein Unfall. Du darfst dir nie, niemals die Schuld daran geben – hörst du?“
„Wahrscheinlich hat sie gedacht, dass wir ihr nicht glauben würden, weil wir doch Richards Eltern sind“, sagte Nan betrübt. „Aber ich habe ja selbst gemerkt, wie Richard sich verändert hatte. Er war am Telefon immer so schroff und ungeduldig, nachdem er arbeitslos geworden war. Und einmal kamen wir kurz vor Weihnach-

ten zu Besuch, und deine Mutter sah völlig verweint aus."
Gramps nickte bestätigend. „Da wusste ich, dass es bei euch nicht zum Besten stand, aber keiner von euch hat etwas gesagt, und wir wollten uns nicht einmischen. Das werde ich bis an mein Lebensende bereuen."
Mike traute seinen Ohren nicht. Was ging hier vor?
„Versteht ihr denn nicht? Dad ist tot, weil ich ihn gestoßen habe. Hätte ich einen Krankenwagen gerufen oder Mum erzählt, was vorgefallen war, könnte Dad vielleicht noch leben."
„Das ist nicht deine Schuld", sagte Nan sofort. „Es war ein Unfall. An deiner Stelle hätte ich vermutlich genauso gehandelt."
Mike hätte nie gedacht, dass einem gleichzeitig nach Weinen und Lachen zu Mute sein konnte, aber das war jetzt der Fall. Er hatte nicht damit gerechnet, dass Nan und Gramps so ... verständnisvoll reagieren würden. Er war davon ausgegangen, dass sie nur das wussten, was bei Gericht zur Sprache gekommen war, aber sie wussten offenbar sehr viel mehr, als er ihnen zugetraut hatte.
Gramps rückte ganz nah an ihn heran. Zu Mikes Erstaunen ergriff er seine Hand und nahm sie zwischen seine Hände.
„Wenn ich mir vorstelle, dass deine arme Mutter sich des Totschlags schuldig bekannt hat, damit sie nicht wegen Mordes angeklagt wurde ..." Gramps seufzte. „Wir müssen doch irgendetwas tun können."
„Mum hat dem Gericht erzählt, wie Dad sich verhalten hat. Manchmal hat er sie wirklich geschlagen, aber Mum hat das immer vor allen vertuscht, und deshalb hat ihr diese Aussage nur geschadet, weil sie keine Beweise hatte." Mike schüttelte den Kopf, als er an die schrecklichen Dinge dachte, die der Richter über seine Mutter gesagt hatte – als ob Mum eine solche Geschich-

te erfinden würde! Der Richter hatte keine Ahnung, wie schwer es seiner Mutter gefallen war, überhaupt zuzugeben, dass bei ihnen zu Hause nicht die heile Welt geherrscht hatte.
„Ich versteh nicht, wie deine Mum das so lange ausgehalten hat", sagte Nan. „An ihrer Stelle hätte ich mich längst aus dem Staub gemacht."
„Aber Dad war *euer Sohn.*"
„Ja, und wir hatten ihn sehr lieb und werden ihn auch immer lieben. Aber das ändert nichts daran, dass er dir und deiner Mutter furchtbare Dinge angetan hat", sagte Gramps. „Und das lässt sich nicht entschuldigen."
Mike sah zwischen seinen Großeltern hin und her. Er konnte nichts sagen. In seinem Hals steckte ein Kloß, der so groß wie ein Fußball war, und wenn er auch nur ein Wort, einen Ton, einen Mucks von sich gegeben hätte, wäre er in Tränen ausgebrochen.
„Wir haben deiner Mutter schon geschrieben, Mikey", sagte Nan behutsam. „Aber sie macht sich Vorwürfe, weil sie nicht schon früher etwas unternommen hat. Sie will nur dein Bestes, und sie meint, dass es zu schlimm für dich wäre, sie im Gefängnis zu sehen."
„Aber ich möchte zu ihr. Ganz bestimmt", sagte Mike.
„Weißt du, was?" Nan lächelte. „Wir schreiben ihr alle gemeinsam. Vielleicht können wir sie zu dritt davon überzeugen, dass wir sie wirklich gern besuchen wollen."
„Ich versteh das nicht." Mike spürte, wie ihm Tränen in die Augen stiegen. „Ihr müsstet mich jetzt doch *hassen*?"
„Mike, was in der Vergangenheit auch passiert sein mag oder in Zukunft noch passieren wird – du bist unser Enkel und wir haben dich lieb", sagte Gramps mit sanfter Stimme. „Hast du das noch nicht gemerkt?"
Die Tränen flossen Mike über die Wangen. Das war ihm entsetzlich peinlich und er wischte sie schnell weg, aber

es kamen immer mehr. Dann legte Gramps den Arm um ihn und drückte ihn ganz fast – und da wusste Mike, dass er noch lange, lange weinen würde.

53

G E M M A

Auf dem Weg

Gemma kam in die Klasse und ging an ihren Platz. Unterwegs verlangsamte sie ihren Schritt.

„Morgen, Robyn. Hallo, Sarah.“ Gemma lächelte ihnen zu.

Die beiden sahen verblüfft auf.

„Morgen“, wiederholte Gemma.

„Grüß dich“, sagte Robyn.

„Hallo.“ Sarah runzelte die Stirn.

Gemma lächelte noch strahlender. Als sie zu ihrem Tisch ging, kam sie an Mike vorbei. Er saß bereits an seinem Platz. Sie blieb stehen und sah ihn an. Und er sah sie an. Sie sprachen beide kein Wort. Dann ging Gemma weiter und setzte sich.

Mike wühlte in seiner Tasche nach dem Mäppchen.

„Was ist denn auf einmal in Gemma gefahren?“, flüsterte Kane ihm zu.

„Vielleicht ist sie heute früh ausnahmsweise mal mit dem rechten Fuß zuerst aufgestanden“, sagte Mike gleichgültig. „Aua!“, schrie er dann.

Gemma hatte ihm ihr Lineal in den Rücken gebohrt. „Das hab ich gehört!“, teilte sie den beiden mit. „Und wenn ihr das nächste Mal etwas über mich zu reden habt, dann sagt es mir ins Gesicht. Okay?“

„Sei nicht so aufdringlich. Wir haben *über* dich gesprochen und nicht *mit* dir“, sagte Kane.

„Tja, aber ich sitze direkt hinter euch. Und ich habe gute Ohren.“ Dann wandte sie sich an Mike. „Na, wie geht's?“

„Es ist mir schon besser gegangen." Mike zuckte mit den Schultern. „Und dir?"
„Es ist mir schon schlechter gegangen", gab Gemma zurück.
Sie sahen einander an. Bei ihnen sprang kein Funke über, es leuchteten keine Sterne, und sie lächelten noch nicht mal, aber dennoch verstanden sie sich. Mike wandte den Blick als Erster ab. Gemma seufzte. Sie hatte noch einen weiten Weg vor sich, aber sie hatte den ersten Schritt getan. Vielleicht würden Mike und sie eines Tages ... Freunde werden. Eines Tages. Vielleicht.
Gemma schaute sich um. Einige aus der Klasse musterten sie mit neugierigen Blicken. Als sie ihnen zulächelte, sahen sie weg. Gemma seufzte noch einmal. Es würde lange dauern und sehr viel Mühe kosten. Ihre Hände zuckten, zappelten auf ihrem Schoß hin und her. Jetzt, wo sie keine Zeitungsartikel mehr ausschnitt, wusste sie nicht so recht, was sie mit sich anfangen sollte. Aber selbst das war schon ein Fortschritt.
„Aufgepasst, Welt! Ich komme!", sagte Gemma leise.
Mike drehte sich um und sah sie erstaunt an. „Hast du was gesagt?"
„Ja", gab Gemma ohne Zögern zurück. „Ich hab gesagt: ‚Aufgepasst, Welt! Ich komme!'"
Ein paar Leute drehten sich nach ihr um.
„Gemma, manchmal mach ich mir ernsthaft Sorgen um dich", sagte Kane kopfschüttelnd.
„Wie lieb von dir, Kane! Aber das ist nicht nötig. Mir geht's prächtig." Gemma lächelte. „Zumindest bin ich auf dem besten Weg dazu." Und das war die reine Wahrheit. Die seltsame, verrückte, wunderbare und herrliche Wahrheit!
Mr Butterworth kam in die Klasse, und der Unterricht begann.

Brenda Bellingham
Im Sog der Erinnerung
160 Seiten
ISBN 3-505-11365-4

Seit Jahren wird Chloe von einem schrecklichen Bild verfolgt: dem Bild ihrer Mutter, wie sie die Hände Hilfe suchend nach ihr ausstreckt – und doch in einem See ertrinkt. Es soll Selbstmord gewesen sein. Aber warum lastet dann das Gefühl der Schuld auf Chloe? In diesen Sommerferien will sie den damaligen Ereignissen auf die Spur kommen. Daniel und ihre Tante Anna, die Zwillingsschwester ihrer Mutter, wollen ihr helfen. Doch bei einem Segelausflug gerät Chloe in Lebensgefahr – der Albtraum von einst scheint sich zu wiederholen.

Friederun Reichenstetter
Wie Tag und Nacht
160 Seiten
ISBN 3-505-11249-6

Nina Schindler
Spaß im Angebot
160 Seiten
ISBN 3-505-11283-6

Rosemarie von Schach
Gefährliche Dämmerung
192 Seiten
ISBN 3-505-11127-9

PepperMind